Franz Kafka

Die
Verwandlung Proměna

■ garamond

Přeložil Vladimír Kafka

Seznam zkratek:

Adj.	Adjektiv	jmdm.	jemandem
Adv.	Adverb	jmdn.	jemanden
Akk.	Akkusativ	Konj.	Konjuktion
Dat.	Dativ	m.	Maskulinum
f.	Femininum	n.	Neutrum
Gen.	Genitiv	Präp.	Präposition
itr.	intransitiv	tr.	transitiv
jmd.	jemand	ung.	umgangssprachlich
jmds.	jemandes	V.	Verb

Vysvětlivky:

Gramatická charakteristika podstatných jmen:
Schnitt(m. -(e)s, -e) – v závorce uveden rod pod. jména,
2. pád jednotného čísla, 1. pád množného čísla

Gramatická charakteristika sloves:
Slovesa slabá:
darstellen(V. h.) – v závorce uveden slovní druh a zkratka pomoc-
néhoslovesa v perfektu, haben (h.) nebosein (i.)
Slovesa silná a nepravidelná:
geschehen(V. a., i. e) – v závorce uveden slovní druh, dále změna kmen-
ové samohlásky v préteritu, pomocné sloveso v perfektu a změna kmen.
samohlásky v perfektu.

K vytvoření poznámek jsme použili tyto prameny:
Gerhard Wahrig: Deutsches Wörterbuch mit einem Lexikon der
deutschen Sprachlehre, Bertelsmann Lexikon Verlag,1991
Duden, Německý výkladový slovník s českými ekvivalenty, Mladá
fronta,1993
Duden, Die Deutsche Rechtschreibung, 22.völlig neu bearbeitete und er-
weiterte Auflage, Dudenverlag, Mannheim, 2000
Hugo Siebenschein: Deutsch – tschechisches Wörterbuch, SPN, Praha,
1986
Tschechisch – deutsches Wörterbuch,SPN Praha,1986

I

Als Gregor Samsa eines Morgens aus unruhigen Träumen erwachte[1], fand er sich in seinem Bett zu einem ungeheueren[2] Ungeziefer[3] verwandelt. Er lag auf seinem panzerartig harten Rücken und sah, wenn er den Kopf ein wenig hob, seinen gewölbten, braunen, von bogenförmigen Versteifungen geteilten Bauch, auf dessen[4] Höhe sich die Bettdecke, zum gänzlichen Niedergleiten bereit, kaum noch erhalten konnte. Seine vielen, im Vergleich zu seinem sonstigen Umfang kläglich dünnen Beine flimmerten ihm hilflos vor den Augen.

»Was ist mit mir geschehen[5]?« dachte er. Es war kein Traum. Sein Zimmer, ein richtiges, nur etwas zu kleines Menschenzimmer, lag ruhig zwischen den vier wohlbekannten Wänden. Über dem Tisch, auf dem eine auseinandergepackte Musterkollektion von Tuchwaren ausgebreitet war– Samsa war Reisender –, hing das Bild, das er vor kurzem aus einer illustrierten Zeitschrift ausgeschnitten und in einem hübschen, vergoldeten Rahmen untergebracht hatte. Es stellte[6] eine Dame dar, die, mit einem Pelzhut und einer Pelzboa versehen, aufrecht dasaß und einen schweren Pelzmuff, in dem ihr ganzer Unterarm[7] verschwunden war, dem Beschauer entgegenhob.

Gregors Blick richtete sich dann zum Fenster, und das trübe[8] Wetter – man hörte Regentropfen auf das Fensterblech aufschlagen-machte ihn ganz melancholisch. »Wie wäre es, wenn ich noch ein wenig weiterschliefe und alle Narrheiten vergäße«,

---

1. **erwachen**(V. i.): aufwachen, wach werden. *Ich erwache früh.* (**probudit se, procitnout**)
2. **ungeheuer**(Adj.): ans Wunderbare grenzend, riesig, gewaltig. *Ein ungeheuer Schmerz, eine ungeheure Leistung.* (**příšerný, ohromný**)
3. **Ungeziefer**(n. -s, -): bestimmte tierische Schädlinge. *Das Haus voller Ungeziefer.* (**hmyz, havěť**)
4. **dessen**(Gen. Sg. vom Relativpronomen „der" und „das"). *Der Tag, dessen wir gedenken.* (**jenž, jež**)

I

Když se Řehoř Samsa jednou ráno probudil z nepokojných snů, shledal, že se v posteli proměnil v jakýsi nestvůrný hmyz. Ležel na hřbetě tvrdém jak pancíř, a když trochu nadzvedl hlavu, uviděl své vyklenuté, hnědé břicho rozdělené obloukovitými výztuhami, na jehož vrcholu se sotva ještě držela přikrývka a tak tak že úplně neklouzla dolů. Jeho četné, vzhledem k ostatnímu objemu žalostně tenké nohy se mu bezmocně komíhaly před očima.

Co se to se mnou stalo? pomyslel si. Nebyl to sen. Jeho pokoj, správný, jen trochu příliš malý lidský pokoj, spočíval klidně mezi čtyřmi dobře známými stěnami. Nad stolem, na němž byla rozložena vybalená kolekce vzorků soukenného zboží – Samsa byl obchodní cestující –, visel obrázek, který si nedávno vystřihl z jednoho ilustrovaného časopisu a zasadil do pěkného pozlaceného rámu. Představoval dámu, opatřenou kožešinovou čapkou a kožešinovým boa, jak vzpřímeně sedí a nastavuje divákovi těžký kožešinový rukávník, v němž se jí ztrácí celé předloktí.

Řehořův pohled se pak obrátil k oknu a pošmourné počasí – bylo slyšet, jak kapky deště dopadají na okenní plech – ho naplnilo melancholií. Co kdybych si ještě trochu pospal a zapomněl na

---

5. geschehen(V. a., i. e): sich ereignen, stattfinden, passieren. *Ihm ist ein Unglück geschehen.* (**stát s, přihodit se**)
6. darstellen(V. h.): beschreiben, schildern, anschaulich machen. *Das Bild stellt den Künstler selbst dar.* (**ukazovat, líčit, zobrazovat**)
7. Unterarm(m. -(e)s, -e): Teil des Armes zwischen Hand und Ellenbogen. *Ihr Unterarm verschwand in einem Pelzmuff.* (**předloktí**)
8. trübe(Adj.): mit wolkenbedecktem Himmel, regnerisch, dunstig. *Der Himmel ist trübe.* (**zatažený, pošmourný**)

dachte er, aber das war gänzlich undurchführbar[1], denn er war gewöhnt, auf der rechten Seite zu schlafen, konnte sich aber in seinem gegenwärtigen Zustand nicht in diese Lage bringen. Mit welcher Kraft er sich auch auf die rechte Seite warf, immer wieder schaukelte[2] er in die Rückenlage zurück. Er versuchte es wohl hundertmal, schloß die Augen, um die zappelnden Beine nicht sehen zu müssen, und ließ erst ab, als er in der Seite einen noch nie gefühlten, leichten, dumpfen[3] Schmerz zu fühlen begann.

»Ach Gott«, dachte er, »was für einen anstrengenden Beruf habe ich gewählt! Tag aus, Tag ein auf der Reise. Die geschäftlichen Aufregungen sind viel größer, als im eigentlichen Geschäft zu Hause, und außerdem ist mir noch diese Plage[4] des Reisens auferlegt, die Sorgen um die Zuganschlüsse, das unregelmäßige, schlechte Essen, ein immer wechselnder, nie andauernder, nie herzlich werdender menschlicher Verkehr. Der Teufel soll das alles holen!« Er fühlte ein leichtes Jucken[5] oben auf dem Bauch; schob sich auf dem Rücken langsam näher zum Bettpfosten, um den Kopf besser heben zu können; fand die juckende Stelle, die mit lauter kleinen weißen Pünktchen besetzt war, die er nicht zu beurteilen verstand; und wollte mit einem Bein die Stelle betasten[6], zog es aber gleich zurück, denn bei der Berührung umwehten ihn Kälteschauer.

Er glitt wieder in seine frühere Lage zurück. »Dies frühzeitige Aufstehen«, dachte er, »macht einen ganz blödsinnig[7]. Der Mensch muß seinen Schlaf haben. Andere Reisende leben wie Haremsfrauen. Wenn ich zum Beispiel im Laufe des Vormittags ins Gasthaus zurückgehe, um die erlangten[8] Aufträge zu über-

---

1. **undurchführbar**(Adj.): nicht durchführbar. *Er hat einen undurchführbaren Plan.* (**neproveditelný, neuskutečnitelný**)
2. **schaukeln**(V. h.): auf der Schaukel hin und her schwingen, von einer Seite auf die andere wippen, sich wiegen. *Der Vater schaukelt das Kind auf den Knien.* (**houpat(se), kolébat(se)**)
3. **dumpf**(Adj.): nicht ausgeprägt hervortretend. *Er fühlt einen dumpfen Schmerz im Bein.* (**tupý, tlumený**)
4. **Plage**(f. -, -n): mühsame, schwere Arbeit, große Mühe. *Man hat schon seine Plage mit dir*!(ung.) (**soužení, trápení**)

všechny blázniviny, pomyslel si, to však bylo naprosto neproveditelné, neboť byl zvyklý spát na pravém boku, v nynějším stavu se však do této polohy nemohl dostat. Ať sebou házel sebevětší silou na pravý bok, vždycky se zase zhoupl zpátky naznak. Zkoušel to snad stokrát, zavřel oči, aby se nemusel dívat na zmítající se nohy, a přestal, až když ucítil v boku lehkou, tupou bolest, jakou ještě nikdy nepocítil.

Ach bože, pomyslel si, jaké jsem si to vybral namáhavé povolání! Den co den na cestách. Zlobení s prací je mnohem víc než přímo v obchodě doma, a k tomu ještě ten kříž s cestováním, starosti o vlaková spojení, nepravidelné, špatné jídlo, stále se střídající známosti, jež nikdy nenabudou trvalosti, srdečnosti. Aby to všechno čert vzal! Ucítil nahoře na břiše slabé svědění; pomalu se sunul po hřbetě k čelu postele, aby mohl lépe zvednout hlavu; našel svědící místo, poseté spoustou drobných bílých teček, které nedovedl posoudit; a chtěl to místo jednou nohou ohmatat, hned ji však stáhl zpátky, neboť při dotyku ho hrůzou zamrazilo.

Sklouzl opět zpátky do dřívější polohy. Z toho časného vstávání člověk dočista zpitomí, pomyslel si. Člověk se potřebuje vyspat. Jiní kupci si žijí jak ženy v harému. Když se například během odpoledne vrátím do hostince, abych si přepsal zí-

---

5. Jucken(n. -s, 0): eine prickelnde, brennende Erfindung auf der Haut. *Das Jucken in der Nase ist sehr unangenehm.* (**svědění**)

6. betasten(V. h.): mit den Fingern befühlen, prüfend berühren. *Das Betasten der Waren ist verboten*! (**ohmatávat, nahmatávat**)

7. blödsinnig(Adj.): blöde, schwachsinnig, unsinnig. *Das ist ein blödsinniger Kerl*! (**slabomyslný, pitomý, blbý**) Jemanden blödsinnig machen (**zpitomět někoho**)

8. erlangen(V. h.): bekommen, erreichen, gewinnen. *Nach Jahren der Gefangenschaft hatte er endlich die Freiheit erlangt.* (**dosáhnout, získat, nabýt**)

schreiben, sitzen diese Herren erst beim Frühstück. Das sollte ich bei meinem Chef versuchen; ich würde auf der Stelle hinausfliegen. Wer weiß übrigens, ob das nicht sehr gut für mich wäre. Wenn ich mich nicht wegen meiner Eltern zurückhielte[1], ich hätte längst[2] gekündigt, ich wäre vor den Chef hin getreten und hätte ihm meine Meinung von Grund des Herzens aus gesagt. Vom Pult hätte er fallen müssen! Es ist auch eine sonderbare Art, sich auf das Pult zu setzen und von der Höhe herab mit dem Angestellten zu reden, der überdies[3] wegen der Schwerhörigkeit des Chefs ganz nahe herantreten muß. Nun, die Hoffnung ist noch nicht gänzlich aufgegeben; habe ich einmal das Geld beisammen, um die Schuld der Eltern an ihn abzuzahlen – es dürfte noch fünf bis sechs Jahre dauern –, mache ich die Sache unbedingt. Dann wird der große Schnitt[4] gemacht. Vorläufig[5] allerdings muß ich aufstehen, denn mein Zug fährt um fünf.«

Und er sah zur Weckuhr hinüber, die auf dem Kasten tickte. »Himmlischer Vater!« dachte er. Es war halb sieben Uhr, und die Zeiger gingen ruhig vorwärts, es war sogar halb vorüber, es näherte sich schon dreiviertel. Sollte der Wecker[6] nicht geläutet[7] haben? Man sah vom Bett aus, daß er auf vier Uhr richtig eingestellt war; gewiß hatte er auch geläutet. Ja, aber war es möglich, dieses möbelerschütternde Läuten ruhig zu verschlafen? Nun, ruhig hatte er ja nicht geschlafen, aber wahrscheinlich desto fester. Was aber sollte er jetzt tun? Der nächste Zug ging um sieben Uhr; um den einzuholen, hätte er sich unsinnig beeilen müssen, und die Kollektion war noch nicht eingepackt, und er selbst fühlte sich durchaus nicht beson-

---

1. sich zurückhalten(V. ie., h. a): sich im Hintergrund halten, sich nicht stark bei etwas beteiligen. *Er hält sich bei solchen Auseinandersetzungen sehr zurück.* (**držet se zpátky, chovat se zdrželivě**)
2. längst(Adv.): schon lange, seit langer Zeit. *Ich weiß es schon längst.* (**dávno**)
3. überdies(Adv.): über dies alles hinaus. *Sie hatte keinen Platz mehr für weitere Gäste, überdies war sie ohne Hilfe im Haushalt.* (**mimoto, nadto**)

skané zákazníky, sedí si tihle páni teprve u snídaně. To bych si tak mohl zkusit u svého šéfa; na místě bych letěl. Ostatně kdoví jestli by to pro mne nebylo lepší. Kdybych se kvůli rodičům nedržel, dávno bych dal výpověď, šel bych rovnou k šéfovi a od plic bych mu řekl, co si myslím. Ten by určitě spadl z pultu! Je to také divný způsob, sednout si na pult a z té výšky mluvit se zaměstnancem, který navíc kvůli šéfově nedoslýchavosti musí přistoupit až těsně k němu. Nu, ještě se té naděje docela nevzdávám; jen co budu mít pohromadě tolik peněz, abych splatil, co mu rodiče dluží – může to trvat ještě tak pět šest let –, rozhodně to udělám. Pak se to rozetne. Prozatím ovšem musím vstát, protože mi v pět jede vlak.

A podíval se na budík, který tikal na prádelníku. Pane na nebi! pomyslel si. Bylo půl sedmé a ručičky šly klidně dál, dokonce bylo půl pryč, pomalu už tři čtvrti. Že by byl budík nezazvonil? Z postele bylo vidět, že byl správně nařízen na čtvrtou hodinu; určitě také zvonil. Ale což bylo možné klidně zaspat to zvonění, které otřásá nábytkem? Nu, klidně zrovna nespal, zato patrně tím tvrději. Co však teď počít? Příští vlak jede v sedm hodin; aby ho stihl, musil by si nesmírně pospíšit a kolekce ještě není sbalená a sám se necítí nijak zvlášť svěží a spolehlivý. A i kdyby vlak stihl, šéfovo hromování ho nemine, poněvadž sluha z ob-

---

4. **Schnitt**(m. -(e)s, -e): Tätigkeit des Schneidens, Ergebnis des Schneidens, Spur eines scharfen Gegenstandes. *Das Geschwür mit einem Schnitt öffnen.* (**říznutí, řez, střih, sestřih**)

5. **vorläufig**(Adv.): einsweilen zunächst. *Das können wir vorläufig so lassen.* (**prozatím, dočasně**)

6. **Wecker**(m. -s, -): Die Uhr, die zu einer bestimmten Zeit ein Klingelzeichen ertönt. *Der Wecker rasselte.* (**budík**)

7. **läuten**(V. h.): (von einer Glocke) in Schwindung gebracht werden und dadurch ertönen. *Die Glocke läutet.* (**zvonit**)

ders frisch und beweglich. Und selbst wenn er den Zug einholte, ein Donnerwetter des Chefs war nicht zu vermeiden, denn der Geschäftsdiener hatte beim Fünfuhrzug gewartet und die Meldung von seiner Versäumnis[1] längst erstattet. Es war eine Kreatur des Chefs, ohne Rückgrat[2] und Verstand. Wie nun, wenn er sich krank meldete? Das wäre aber äußerst peinlich und verdächtig, denn Gregor war während[3] seines fünfjährigen Dienstes noch nicht einmal krank gewesen. Gewiß würde der Chef mit dem Krankenkassenarzt kommen, würde den Eltern wegen des faulen Sohnes Vorwürfe[4] machen und alle Einwände durch den Hinweis auf den Krankenkassenarzt abschneiden, für den es ja überhaupt nur ganz gesunde, aber arbeitsscheue Menschen gibt. Und hätte er übrigens in diesem Falle so ganz unrecht? Gregor fühlte sich tatsächlich, abgesehen von einer nach dem langen Schlaf wirklich überflüssigen[5] Schläfrigkeit, ganz wohl und hatte sogar einen besonders kräftigen Hunger.

Als er dies alles in größter Eile überlegte, ohne sich entschließen zu können, das Bett zu verlassen[6] – gerade schlug der Wecker dreiviertel sieben – klopfte es vorsichtig an die Tür am Kopfende seines Bettes. »Gregor«, rief es - es war die Mutter–, »es ist dreiviertel sieben. Wolltest du nicht wegfahren?« Die sanfte Stimme! Gregor erschrak[7], als er seine antwortende Stimme hörte, die wohl unverkennbar seine frühere war, in die sich aber, wie von unten her, ein nicht zu unterdrückendes, schmerzliches Piepsen mischte, das die Worte förmlich nur im ersten Augenblick in ihrer Deutlichkeit beließ, um sie im Nachklang derart zu zerstören, daß man nicht wußte, ob man recht gehört hatte. Gregor hatte ausführlich antworten und alles

---

1. Versäumnis(n. -ses, -se): das Versäumen, Unterlassen(von etwas, was hätte getan werden müssen). *Die Versäumnisse der Regierung in den letzten Jahren rächen sich nicht.* (**zameškání, opominutí**)

2. Rückgrat(n. -(e)s, -e): Wirbelsäule. *Ein Mensch ohne Rückgrat.* (ung.) ein unentschlossener, schwacher Charakter. (**páteř**)

3. während(Präp. mit Gen., ung. auch mit Dat.): zur Zeit(als…, des…, der…), im Verlauf (von). *Während des Essens, während dieser Zeit.* (**během**)

4. Vorwurf(m. -(e)s, ü-e): Äußerung, mit der jmd. etwas vorwirft, sein Handeln, Verhalten rügt. *Die Vorwürfe trafen ihn schwer.* (**výtka, výčitka**)

chodu čekal u vlaku o páté a dávno podal hlášení, že ho zmeškal. Je to šéfova stvůra, bez páteře a bez vlastního rozumu. Co kdyby se hlásil nemocný? Ale to by bylo krajně trapné a podezřelé, poněvadž za celých pět let služby nebyl Řehoř ani jednou nemocen. Šéf by určitě přišel s lékařem od nemocenské pokladny, vyčítal by rodičům, že mají líného syna, a všechny námitky by zatrhl odkazem na lékaře od pokladny, pro kterého jsou přece vůbec všichni lidé úplně zdrávi, jenže se štítí práce. A byl by ostatně v tomto případě v neprávu? Až na jistou ospalost, která byla po tom dlouhém spaní doopravdy zbytečná, cítil se Řehoř skutečně docela dobře a dokonce měl řádný hlad.

Když si to všechno v největším spěchu rozvažoval a nemohl se odhodlat vylézt z postele – budík právě odbíjel tři čtvrti na sedm –, ozvalo se opatrné zaklepání na dveře v hlavách postele. „Řehoři," zvolal hlas – byla to matka – „je tři čtvrti na sedm. Nechtěls odjet?" Ten něžný hlas! Řehoř se zděsil, když uslyšel hlas, jímž odpověděl, nepochybně svůj dřívější hlas, do něhož se však jakoby zezdola mísilo jakési nepotlačitelné, bolestné pípání, které jedině první okamžik ponechávalo slovům zřetelnost, natolik však rozrušilo jejich doznění, že člověk nevěděl, jestli dobře slyší. Řehoř chtěl obšírně odpovědět a všechno vysvětlit, za těchto okolností se však omezil na

---

5. **überflüssig**(Adj.): unnötig, zwecklos, entbehrlich. *Das macht mir überflüssige Arbeit.* (**nadbytečný, zbytečný**)

6. **verlassen**(V. a., h. a): fortgehen von Platz, Wohnung, Person. *Um 10 Uhr hatte er das Haus verlassen.* (**opustit**)

7. **erschrecken** I. (V. a., i. o) itr.: einen Schrecken bekommen. *Ich bin bei der Nachricht furchtbar erschrocken.* (**leknout se, vylekat se**) II. (V. h.) tr.: jmdn. in Angst versetzen. *Diese Nachricht hat uns furchtbar erschreckt.* (**vyděsit, vylekat**)

erklären wollen, beschränkte sich aber bei diesen Umständen darauf, zu sagen: »Ja, ja, danke Mutter, ich stehe schon auf. « Infolge der Holztür war die Veränderung in Gregors Stimme draußen[1] wohl nicht zu merken, denn die Mutter beruhigte sich mit dieser Erklärung und schlürfte davon. Aber durch das kleine Gespräch waren die anderen Familienmitglieder darauf aufmerksam geworden, daß Gregor wider[2] Erwarten noch zu Hause war, und schon klopfte an der einen Seitentür der Vater, schwach, aber mit der Faust. »Gregor, Gregor«, rief er, »was ist denn?« Und nach einer kleinen Weile mahnte[3] er nochmals mit tieferer Stimme: »Gregor! Gregor!« An der anderen Seitentür aber klagte leise die Schwester: »Gregor? Ist dir nicht wohl? Brauchst du etwas?« Nach beiden Seiten hin antwortete Gregor: »Bin schon fertig«, und bemühte[4] sich, durch die sorgfältigste Aussprache und durch Einschaltung von langen Pausen zwischen den einzelnen Worten seiner Stimme alles Auffallende zu nehmen. Der Vater kehrte[5] auch zu seinem Frühstück zurück, die Schwester aber flüsterte: »Gregor, mach auf, ich beschwöre dich. « Gregor aber dachte gar nicht daran aufzumachen, sondern lobte die vom Reisen her übernommene Vorsicht, auch zu Hause alle Türen während der Nacht zu versperren[6].

Zunächst[7] wollte er ruhig und ungestört aufstehen[8], sich anziehen und vor allem frühstücken, und dann erst das Weitere überlegen, denn, das merkte er wohl, im Bett würde er mit dem Nachdenken zu keinem vernünftigen Ende kommen. Er erinnerte sich, schon öfters im Bett irgendeinen vielleicht durch ungeschicktes Liegen erzeugten, leichten Schmerz empfunden zu haben, der sich dann beim Aufstehen als reine Einbildung

---

1. **draußen**(Adv.): außerhalb, nicht in einem Raum. *Bleib draußen!* **(venku)**
2. **wider** (Präp. mit Akk.): bezeichnet einen Gegensatz, Widerstand, eine Abneigung. *Er handelte wider besseres Wissen.* **(proti)**
3. **mahnen**(V. h.): erinnern, etwas zu tun. *„Beeile dich!"mahnte sie.* **(připomínat, napomínat)**
4. **sich bemühen**(V. h.): sich Mühe geben, etwas Bestimmtes zu bewältigen. *Er bemühte sich sehr, das Ziel zu erreichen.* **(namáhat se, snažit se, usilovat)**

pouhé: „Ano, ano, děkuji maminko, už vstávám." Skrz dřevěné dveře nebylo asi venku znát změnu v Řehořově hlase, neboť matka se tím prohlášením uspokojila a odšourala se pryč. Ale krátká rozmluva upozornila ostatní členy rodiny, že Řehoř je proti očekávání ještě doma, už klepal na jedny z postranních dveří otec, slabě, ale zato pěstí. „Řehoři, Řehoři," volal, „copak je?" A po malé chvilce znovu naléhavě a hlubším hlasem: „Řehoři! Řehoři!" U druhých postranních dveří se však ozval tichý, naříkavý hlas sestry: „Řehoři? Není ti dobře? Potřebuješ něco?" Na obě strany odpověděl Řehoř: „Už jsem hotov," a snažil se co nejpečlivěji vyslovovat a dlouhými odmlkami mezi jednotlivými slovy zbavit svůj hlas všeho nápadného. I otec se vrátil k snídani, avšak sestra zašeptala: „Řehoři, otevři, pro všechno na světě." Ale Řehoře ani nenapadlo otevřít, zato velebil svou opatrnost, jíž přivykl na cestách, že totiž i doma na noc zamykal všechny dveře.

Nejdříve chtěl v klidu a nerušeně vstát, obléci se a především nasnídat, a pak teprve si rozvážit, co dál, neboť mu bylo jasné, že úvahy v posteli k ničemu rozumnému nepovedou. Vzpomněl si, že už častěji cítíval v posteli jakousi lehkou bolest, způsobenou snad nešikovnou polohou, a když potom vstal, ukázalo se, že si to jen namlouval, i byl teď zvědav, jak se dnes jeho před-

---

5. **zurückkehren**(V. i.): wieder an den Ausgangspunkt kommen. *Er kehrte erst nach drei Jahren zurück.* (**přijít zpět, vrátit se**)

6. **versperren**(V. h.): verschliessen. *Das Zimmer, die Tür versperren.* (**zamknout, zavřít**)

7. **zunächst**(Adv.): zuerst, als erstes, vorerst. *Das beabsichtige ich zunächst noch nicht.* (**nejprve, nejdříve, především**)

8. **aufstehen**(V. stand auf, i. aufgestanden): sich auf die Füße stellen, sich erheben, das Bett verlassen. *Er ist um 6 Uhr aufgestanden.* (**vstát, povstat**)

herausstellte, und er war gespannt, wie sich seine heutigen Vorstellungen allmählich[1] auflösen würden. Daß die Veränderung der Stimme nichts anderes war, als der Vorbote[2] einer tüchtigen Verkühlung, einer Berufskrankheit der Reisenden, daran zweifelte er nicht im geringsten[3].

Die Decke abzuwerfen war ganz einfach; er brauchte sich nur ein wenig aufzublasen[4] und sie fiel von selbst. Aber weiterhin wurde es schwierig, besonders weil er so ungemein breit war. Er hätte Arme und Hände gebraucht, um sich aufzurichten; statt dessen aber hatte er nur die vielen Beinchen, die ununterbrochen in der verschiedensten Bewegung waren und die er überdies nicht beherrschen konnte. Wollte er eines einmal einknicken[5], so war es das erste, daß es sich streckte; und gelang; es ihm endlich, mit diesem Bein das auszuführen, was er wollte, so arbeiteten inzwischen alle anderen, wie freigelassen, in höchster, schmerzlicher Aufregung[6]. »Nur sich nicht im Bett unnütz aufhalten«, sagte sich Gregor.

Zuerst wollte er mit dem unteren Teil seines Körpers aus dem Bett hinauskommen, aber dieser untere Teil, den er übrigens[7] noch nicht gesehen hatte und von dem er sich auch keine rechte Vorstellung machen konnte, erwies sich als zu schwer beweglich; es ging so langsam; und als er schließlich, fast wild geworden, mit gesammelter Kraft, ohne Rücksicht sich vorwärtsstieß, hatte er die Richtung falsch gewählt, schlug an den unteren Bettpfosten heftig an, und der brennende Schmerz, den er empfand, belehrte ihn, daß gerade der untere Teil seines Körpers augenblicklich vielleicht der empfindlichste war.

---

1. **allmählich**(Adj.): langsam und stetig, fortschreitend, schrittweise. *Ich begreife allmählich, was das für dich bedeutet.* (**pozvolný, pomalý**)
2. **Vorbote**(m. -n, -n): erster Bote, Vorläufer, (fig.) Vorzeichen, Anzeichen. *Ein Schnupfen als Vorbote einer Grippe.* (**předzvěst**)
3. **gering**(Adj.): in Bezug auf Menge, Anzahl, Maß, Grad von etwas als unbedeutend, geringfügig, als wenig zu erachten. *Die Kosten sind gering.* (**malý, nízký, nepatrný**)
4. **aufblasen**(V. ie., h. a): durch Blasen prall werden lassen. *Er hat einen Balon aufgeblasen.* (**nafouknout**)

stavy pozvolna rozplynou.. Změna hlasu nevěstí ostatně nic jiného než řádné nachlazení, nemoc obchodních cestujících, o tom neměl nejmenší pochyby.

Odhodit přikrývku bylo docela prosté; stačilo, aby se jen trochu nafoukl, a spadla sama. Ale dál už to šlo těžko, hlavně proto, že byl tak nesmírně široký. Byl by potřeboval paže a ruce, aby se zdvihl; místo nich měl však jen spoustu nožiček, které byly neustále v roztodivném pohybu a které navíc nebyl s to ovládat. Chtěl-li naráz některou z nich pokrčit, pak se určitě narovnala; a když se mu konečně povedlo provést s onou nohou to, co chtěl, pracovaly zatím všechny ostatní v krajním, bolestném vzrušení jako pominuté. „Jenom se zbytečně nezdržovat v posteli," řekl si Řehoř.

Nejdřív se chtěl dostat z postele spodní částí těla, avšak tato spodní část, kterou ostatně ještě neviděl a již si ani nedovedl dost dobře představit, byla, jak se ukázalo, příliš těžko pohyblivá; šlo to tak pomalu; a když sebou nakonec málem zuřivě, vší silou a bez ohledu hodil dopředu, špatně zvolil směr, prudce narazil na dolní čelo postele a palčivá bolest, již ucítil, ho poučila, že právě spodní část těla je v tu chvíli snad nejchoulostivější.

---

5. einknicken I. (V. h.) tr.: einen Knick machen, umknicken, umbiegen. *Einé Besuchskarte einknicken.* (**nalomit, zalomit**) II. (V. i.) itr.: einen Knick bekommen, zusammenknicken. *Die Füße knickten ihm ein.* (**podlomit se, pokrčit se**)

6. Aufregung(f. -, en): Erregung, Unruhe, Spannung. *Aufregung verursachen.* (**vzrušení, rozrušení**)

7. übrigens(Adv.): was ich noch sagen wollte, nebenbei bemerkt. *Ich bin übrigens bei ihm gestern gewesen.* (**ostatně, konec konců**)

Er versuchte es daher, zuerst den Oberkörper aus dem Bett zu bekommen, und drehte vorsichtig den Kopf dem Bettrand zu. Dies gelang[1] auch leicht, und trotz[2] ihrer Breite und Schwere folgte schließlich die Körpermasse langsam der Wendung des Kopfes. Aber als er den Kopf endlich außerhalb des Bettes in der freien Luft hielt, bekam er Angst, weiter auf diese Weise[3] vorzurücken, denn wenn er sich schließlich so fallen ließ, mußte geradezu ein Wunder geschehen, wenn der Kopf nicht verletzt werden sollte. Und die Besinnung[4] durfte er gerade jetzt um keinen Preis verlieren; lieber wollte er im Bett bleiben.

Aber als er wieder nach gleicher Mühe aufseufzend so dalag wie früher, und wieder seine Beinchen womöglich noch ärger[5] gegeneinander[6] kämpfen sah und keine Möglichkeit fand, in diese Willkür[7] Ruhe und Ordnung zu bringen, sagte er sich wieder, daß er unmöglich im Bett bleiben könne und daß es das Vernünftigste sei, alles zu opfern, wenn auch nur die kleinste Hoffnung bestünde, sich dadurch vom Bett zu befreien. Gleichzeitig aber vergaß er nicht, sich zwischendurch[8] daran zu erinnern, daß viel besser als verzweifelte Entschlüsse ruhige und ruhigste Überlegung sei. In solchen Augenblicken richtete er die Augen möglichst scharf auf das Fenster, aber leider war aus dem Anblick des Morgennebels, der sogar die andere Seite der engen Straße verhüllte, wenig Zuversicht und Munterkeit zu holen. »Schon sieben Uhr«, sagte er sich beim neuerlichen Schlagen des Weckers, » schon sieben Uhr und noch immer ein solcher Nebel.« Und ein Weilchen lang lag er ruhig mit schwachem Atem, als erwarte er vielleicht von der völligen Stille die Wiederkehr der wirklichen und selbstverständlichen Verhältnisse.

---

1. gelingen(V. a., i. u): nach Planung, Bemühung, mit Erfolg zustande kommen, glücken. *Es gelang mir nicht, ihn zu überzeugen.* (**podařit se**)
2. trotz(Präp. mit Gen.): ungeachtet. *Trotz des Regens machten wir eine Wanderung.* (**přes**)
3. Weise(f. -, -n): Form, Art (in der etwas geschieht oder getan wird). *Jeder sucht sein Glück auf seine eigene Weise.* (**způsob**)
4. Besinnung(f. -, -): Besinnen, Bewusstsein, die Herrschaft über die Sinne. *Er verlor die Besinnung.* (**vědomí**)

Zkusil proto dostat z postele nejdříve horní část těla a opatrně otáčel hlavou k pelesti. To se též snadno podařilo a tělesná masa, přes svou šíři a tíhu, se posléze pomalu valila tím směrem, kam se obrátila hlava. Ale když konečně hlava trčela ven z postele do prázdného prostoru, bál se najednou postupovat tímto způsobem dál, neboť kdyby tak nakonec sletěl, musel by to být zrovna zázrak, aby si neporanil hlavu. A zrovna teď ani za nic nesmí pozbýt vědomí; to raději zůstane v posteli.

Ale když tu po opětovném namáhání zase ležel a oddychoval jako předtím a znovu viděl, jak nožičky spolu zápolí snad ještě krutěji, a nepřipadalo mu již možné vnést do té zvůle klid a řád, říkal si zas, že nemůže setrvávat v posteli a že nejrozumnější bude obětovat vše, jen bude-li tu sebemenší naděje, že se tím z postele vysvobodí. Zároveň si však znovu a znovu připomínal, že mnohem lepší než zoufalé rozhodnutí je klidná a nejklidnější rozvaha. V takových okamžicích se zahleděl co nejupřeněji k oknu, bohužel však pohled na ranní mlhu, zahalující i protější stranu úzké ulice, skýtal málo důvěry a svěžesti. „Už sedm hodin," řekl si, když budík znovu odbíjel, „už sedm hodin a pořád ještě taková mlha." A chvilku zůstal ležet v klidu a slabě oddychoval, jako by snad očekával, že naprosté ticho vrátí skutečné a samozřejmé poměry.

---

5. arg(Adj.): schlimm, böse, sehr stark tüchtig. *Es war eine arge Zeit. Es war eine arge Enttäuschung.* (**zlý, špatný**)

6. gegeneinander(Adv.): einer gegen einen anderen. *Sie kämpfen gegeneinander.* (**proti sobě**)

7. Willkür(f. -, -): Handeln ohne Rücksicht auf Gesetze oder auf die anderen. *Sie waren der Willkür eines launischen Vorgesetzten ausgeliefert.* (**libovůle, svévole, zvůle**)

8. zwischendurch(Adv.): zwischen der einen und der nächsten Handlung, während einer Handlung. *Ich werde zwischendurch telefonieren.* (**tu a tam, znovu a znovu**)

Dann aber sagte er sich: »Ehe[1] es einviertel acht schlägt, muß ich unbedingt das Bett vollständig[2] verlassen haben. Im übrigen wird auch bis dahin jemand aus dem Geschäft kommen, um nach mir zu fragen, denn das Geschäft wird vor sieben Uhr geöffnet.« Und er machte sich nun daran, den Körper in seiner ganzen Länge vollständig gleichmäßig aus dem Bett hinauszuschaukeln. Wenn er sich auf diese Weise aus dem Bett fallen ließ, blieb der Kopf, den er beim Fall scharf heben wollte, voraussichtlich[3] unverletzt. Der Rücken schien hart zu sein; dem würde wohl bei dem Fall auf den Teppich nichts geschehen[4]. Das größte Bedenken machte ihm die Rücksicht auf den lauten Krach, den es geben müßte und der wahrscheinlich hinter allen Türen wenn nicht Schrecken, so doch Besorgnisse[5] erregen würde. Das mußte aber gewagt werden.

Als Gregor schon zur Hälfte aus dem Bette ragte–[6] die neue Methode war mehr ein Spiel als eine Anstrengung, er brauchte immer nur ruckweise zu schaukeln –, fiel ihm ein, wie einfach alles wäre, wenn man ihm zu Hilfe käme. Zwei starke Leute – er dachte an seinen Vater und das Dienstmädchen – hätten vollständig genügt; sie hätten ihre Arme nur unter seinen gewölbten; Rücken schieben, ihn so aus dem Bett schälen[7], sich mit der Last niederbeugen und dann bloß vorsichtig dulden[8] müssen, daß er den Überschwung auf dem Fußboden vollzog, wo dann die Beinchen hoffentlich einen Sinn bekommen würden. Nun, ganz abgesehen davon, daß die Türen versperrt waren, hätte er wirklich um Hilfe rufen sollen? Trotz aller Not konnte er bei diesem Gedanken[9] ein Lächeln nicht unterdrücken.

---

1. **ehe**(Konj.): bevor. *Es vergingen drei Stunden, ehe das Flugzeug landen konnte.* (**než, dokud**)
2. **vollständig**(Adj.): (ung.) völlig, gänzlich. *Die Stadt hat sich vollständig verändert.* (**úplně, zcela**)
3. **voraussichtlich**(Adj.): wahrscheinlich, vermutlich. *Voraussichtlich wird er heute noch kommen.* (**pravděpodobný**)
4. **geschehen**(V. a., i. e): sich ereignen, stattfinden, passieren. *Es ist ein Unglück geschehen.* (**stát se, přihodit se**)
5. **Besorgnis**(f. -, -se): Sorge, Furcht. *Seine Besorgnis um den kranken Jungen war sehr groß.* (**obava**)

Potom si však řekl: „Než odbije čtvrt na osm, bezpodmínečně musím být úplně venku z postele. Ostatně do té doby se po mně přijde zeptat také někdo z obchodu, protože obchod se otvírá před sedmou." A chystal se teď vykolébat tělo po celé délce úplně rovnoměrně z postele ven. Spustí-li se z postele takto, zůstane hlava, již hodlal při pádu prudce zvednout, ještě nejspíš bez úrazu. Hřbet je, zdá se, tvrdý; tomu se snad při pádu na koberec nic nestane. Nejpovážlivější mu připadalo pomyšlení na ten hlasitý rámus, který se určitě ozve a patrně vyvolá za dveřmi ne-li zděšení, tedy jisté obavy. Musel se toho však odvážit.

Když už Řehoř napůl čněl z postele ven – nová metoda byla spíš hrou než námahou, stačilo, aby se vždycky jen trhnutím kousek pohoupl –, napadlo ho, jak by bylo všechno jednoduché, kdyby mu přišli na pomoc. Dva silnější lidé – měl na mysli otce a služebnou – by docela stačili; musili by mu jen vsunout paže pod vypouklý hřbet, vyloupnout ho tak z postele, sehnout se s břemenem a pak jen opatrně vyčkat, až provede přemet na podlahu, kde snad nožičky dostanou nějaký smysl. Nu, nehledě k tomu, že dveře jsou zamčené, má snad vážně volat o pomoc? Přes všechnu bídu nemohl při tom pomyšlení potlačit úsměv.

---

6. ragen(V. h. /i.): höher oder länger als die Umgebung sein und sich deshalb abheben. *Der Turm ragte zum Himmel.* (**čnít, strmět**)

7. schälen(V. h.): die Schale, Haut von etwas wegschneiden, abziehen, entfernen. *Die Rinde vom Baustamm schälen.* (**oloupat, sloupat**)

8. dulden(V. h.): I. itr. still leiden. *Er duldet standhaft.* II. tr. ertragen, nichts einwenden gegen, erlauben. *Ich kann dein Betragen nicht länger dulden.* (**trpět, snášet**)

9. Gedanke(m. -ns, -n): Vorgang, Inhalt oder Ergebnis des Denkens. *Das war ein kluger Gedanke.* (**myšlenka**)

Schon war er so weit, daß er bei stärkerem Schaukeln kaum das Gleichgewicht noch erhielt, und sehr bald mußte er sich nun endgültig[1] entscheiden, denn es war in fünf Minuten einviertel acht, – als es an der Wohnungstür läutete. »Das ist jemand aus dem Geschäft«, sagte er sich und erstarrte[2] fast, während seine Beinchen nur desto[3] eiliger tanzten. Einen Augenblick blieb alles still. »Sie öffnen nicht«, sagte sich Gregor, befangen[4] in irgendeiner unsinnigen Hoffnung. Aber dann ging natürlich wie immer das Dienstmädchen festen Schrittes zur Tür und öffnete. Gregor brauchte nur das erste Grußwort des Besuchers zu hören und wußte schon, wer es war – der Prokurist[5] selbst. Warum war nur Gregor dazu verurteilt, bei einer Firma zu dienen, wo man bei der kleinsten Versäumnis gleich den größten Verdacht faßte? Waren denn alle Angestellten samt[6] und sonders Lumpen, gab es denn unter ihnen keinen treuen ergebenen Menschen, der, wenn er auch nur ein paar Morgenstunden für das Geschäft nicht ausgenützt hatte, vor Gewissensbissen närrisch wurde und geradezu nicht imstande[7] war, das Bett zu verlassen? Genügte es wirklich nicht, einen Lehrjungen nachfragen[8] zu lassen-wenn überhaupt diese Fragerei nötig war–, mußte da der Prokurist selbst kommen, und mußte dadurch der ganzen unschuldigen Familie gezeigt werden, daß die Untersuchung dieser verdächtigen Angelegenheit nur dem Verstand des Prokuristen anvertraut werden konnte? Und mehr infolge[9] der Erregung, in welche Gregor durch diese Überlegungen versetzt wurde, als infolge eines richtigen Entschlusses, schwang er sich mit aller Macht aus dem Bett. Es gab einen lauten Schlag, aber ein eigentlicher Krach war es nicht.

---

1. endgültig(Adj.): für immer, unwiderruflich. *Das ist noch keine endgültige Lösung.* (**konečný**)

2. erstarren(V. i.): starr, unbeweglich werden. *Er erstarrte beim Anblick der Uniform.* (**strnout, ztuhnout**)

3. desto(Konj.): um so. *Desto besser! Je mehr hierbei mitarbeiten wird, desto schneller wird die Arbeit beendet sein.* (**tím, čím – tím**)

4. befangen(Adj.): in Verlegenheit, Verwirrung gebracht und daher gehemmt. *Die neue Umgebung macht das Kind befangen.* (**rozpačitý**)

5. Prokurist(m. -en, -en): Angestellter mit einer handelsrechtlichen Vollmacht, die Geschäfte für seine Firma selbständig durchzuführen. (**prokurista**)

Byl už tak daleko, že při silnějším zhoupnutí sotva držel rovnováhu, a teď už se co nejdřív musel definitivně rozhodnout, neboť bylo za pět minut čtvrt na osm – když se u dveří od bytu ozval zvonek. „To je někdo z obchodu," řekl si a skoro strnul, kdežto nožičky se roztančily tím rychleji. Na okamžik všechno ztichlo. „Neotevřou," řekl si Řehoř v jakési nesmyslné naději. Ale potom ovšem jako vždy vykročila služebná pevným krokem ke dveřím a otevřela. Sotva Řehoř uslyšel první slovo návštěvníkova pozdravu, už věděl, kdo to je – sám prokurista. Proč jen je Řehoř odsouzen, aby sloužil u firmy, kde nejmenší nedbalost vzbouzí hned největší podezření? Jsou snad všichni zaměstnanci dohromady darebáci, není snad mezi nimi ani jeden věrný, oddaný člověk, který třeba jen pár hodin po ránu nevyužije pro obchod, a už ho k zbláznění hryže svědomí a dočista není v stavu vylézt z postele? Copak opravdu nestačilo poslat učedníka, aby se zeptal – když už to prostě bez toho doptávání nejde –, to musí přijít sám prokurista a celé nevinné rodině se tak musí dát najevo, že přešetření této podezřelé okolnosti lze svěřit jedině prokuristovu rozumu? A spíš z rozčilení, jež tyto úvahy v Řehořovi vyvolaly, než z řádného rozhodnutí vymrštil se vší silou z postele. Ozvalo se hlasité bouchnutí, ale žádný zvláštní rámus to nebyl. Trochu ztlumil pád koberec, též hřbet byl pružnější, než si Řehoř myslel, odtud ten dosti nenápadný, tlumený zvuk. Jen na hlavu nebyl dost opatrný a uhodil se do ní; kroutil jí a vzteky i bolestí ji třel o koberec.

---

6. samt und sonders – alles zusammen, alle miteinander, ohne Ausnahme. *Sind alle hier, samt und sonders Studenten?* (**všechno, všichni bez výjimky**)

7. imstande(V. h.): imstande sein – etwas zu tun fähig sein. *Er ist nicht imstande, diese einfache Aufgabe zu lösen.* (**být s to**)

8. nachfragen(V. h.): sich erkundigen. *Fragen Sie doch bitte morgen noch einmal nach!* (**dotázat se, poptat se**)

9. infolge(Präp. mit Gen.): als Folge, Folgerung, Wirkung von, wegen. *Infolge eines Unfalls war die Straße gesperrt.* (**v důsledku**)

Ein wenig wurde der Fall durch den Teppich abgeschwächt, auch war der Rücken elastischer, als Gregor gedacht hatte, daher kam der nicht gar so auffallende dumpfe Klang. Nur den Kopf hatte er nicht vorsichtig[1] genug gehalten und ihn angeschlagen; er drehte ihn und rieb ihn an dem Teppich vor Ärger und Schmerz.

»Da drin ist etwas gefallen«, sagte der Prokurist im Nebenzimmer links. Gregor suchte sich vorzustellen, ob nicht auch einmal dem Prokuristen etwas Ähnliches passieren könnte, wie heute ihm; die Möglichkeit dessen mußte man doch; eigentlich zugeben. Aber wie zur rohen[2] Antwort auf diese Frage machte jetzt der Prokurist im Nebenzimmer ein paar bestimmte Schritte und ließ seine Lackstiefel knarren[3]. Aus dem Nebenzimmer rechts flüsterte die Schwester, um Gregor zu verständigen: »Gregor, der Prokurist ist da. « »Ich weiß«, sagte Gregor vor sich hin; aber so laut, daß es die Schwester hätte hören können, wagte[4] er die Stimme nicht zu erheben.

»Gregor«, sagte nun der Vater aus dem Nebenzimmer links, »der Herr Prokurist ist gekommen und erkundigt[5] sich, warum du nicht mit dem Frühzug weggefahren bist. Wir wissen nicht, was wir ihm sagen sollen. Übrigens will er auch mit dir persönlich[6] sprechen. Also bitte mach die Tür auf. Er wird die Unordnung im Zimmer zu entschuldigen schon die Güte haben.« »Guten Morgen, Herr Samsa«, rief der Prokurist freundlich dazwischen. »Ihm ist nicht wohl«, sagte die Mutter zum Prokuristen, während der Vater noch an der Tür redete[7], »ihm ist nicht wohl, glauben Sie mir, Herr Prokurist. Wie würde denn Gregor sonst einen Zug versäumen! Der Junge hat ja nichts im Kopf als das Geschäft. Ich

---

1. **vorsichtig**(Adj.): behutsam, besonnen, mit Vorsicht. *Er ist ein vorsichtiger Mensch.* (**opatrný**)

2. **roh**(Adj.): I. nicht gekocht, nicht zubereitet. *Das Fleisch ist noch roh.* (**syrový**) II. anderen gegenüber gefühllos und grob handeln, sie oft körperlich oder seelisch verletzen. *Er hat sie roh und gemein behandelt.* (**surový, neomalený**)

3. **knarren**(V. h.): klanglose, ächzende Töne von sich geben. *Die Tür knarrt.* (**skřípat, vrzat**)

4. **wagen**(V. h.): sich getrauen, den Mut haben (etwas zu tun). *Soll ich es*

„Tam uvnitř něco spadlo," řekl prokurista v pokoji vlevo. Řehoř si zkoušel představit, jestli by se také prokuristovi nemohlo jednou stát něco podobného jako dnes jemu; vždyť takovou možnost je vlastně nutno připustit. Ale jako v neomalenou odpověď na tuto otázku udělal prokurista ve vedlejším pokoji několik rázných kroků a zavrzal lakýrkami. Z pokoje vpravo oznamovala sestra Řehořovi šeptem: „Řehoři, prokurista je tu." „Já vím," řekl Řehoř pro sebe; ale netroufal si promluvit tak nahlas, aby to sestra uslyšela.

„Řehoři," řekl teď otec z levého pokoje, „přišel pan prokurista a táže se, proč jsi neodjel ranním vlakem. Nevíme, co mu máme říci. Ostatně chce také mluvit s tebou osobně. Otevři tedy, prosím tě. On už bude tak laskav a promine nám ten nepořádek v pokoji." „Dobré jitro, pane Samso," volal už prokurista vlídně. „Není mu dobře," řekla matka prokuristovi, zatímco otec ještě mluvil u dveří, „není mu dobře, pane prokuristo, to mi věřte. Jakpak by jinak mohl Řehoř zmeškat vlak? Vždyť ten chlapec nemyslí na nic jiného než na obchod. Už se skoro zlobím, že si někdy večer nevyjde; teď byl přece týden ve městě, ale večer co večer byl doma. Sedí tu s námi u stolu a tiše si čte noviny nebo studuje jízdní řády. K rozptýlení mu stačí vyřezávat si lupenkovou pilkou. Tuhle si například za dva tři večery vyřezal rámeček; podívejte

---

wagen, ihn darum zu bitten? (**odvážit se, troufnout si, riskovat**)

5. sich erkundigen(V. h.): nach etwas, jmdm. fragen, Auskünfte einholen. *Hast du dich erkundigt, wieviel die Fahrt kosten soll?* (**informovat se, zeptat se**)

6. persönlich(Adj.): die jeweils eigene Person betreffend, von ihr ausgehend. *Ich kenne ihn persönlich.* (**osobní**)

7. reden(V. h.): etwas Zusammenhängendes sagen, sich in Worten äußern. *Er redet viel Unsinn.* (**hovořit, mluvit**)

ärgere mich schon fast, daß er abends niemals ausgeht; jetzt war er doch acht Tage in der Stadt, aber jeden Abend war er zu Hause. Da sitzt er bei uns am Tisch und liest still die Zeitung oder studiert Fahrpläne. Es ist schon eine Zerstreuung[1] für ihn, wenn er sich mit Laubsägearbeiten[2] beschäftigt. Da hat er zum Beispiel im Laufe von zwei, drei Abenden einen kleinen Rahmen geschnitzt; Sie werden staunen, wie hübsch er ist; er hängt drin im Zimmer; Sie werden ihn gleich sehen, bis Gregor aufmacht. Ich bin übrigens glücklich, daß Sie da sind, Herr Prokurist; wir allein hätten Gregor nicht dazu gebracht, die Tür zu öffnen; er ist so hartnäckig[3]; und bestimmt ist ihm nicht wohl, trotzdem er es am Morgen geleugnet[4] hat. » »Ich komme gleich«, sagte Gregor langsam und bedächtig und rührte sich nicht, um kein Wort der Gespräche zu verlieren. »Anders, gnädige[5] Frau, kann ich es mir auch nicht erklären«, sagte der Prokurist, »hoffentlich ist es nichts Ernstes. Wenn ich auch andererseits sagen muß, daß wir Geschäftsleute – wie man will, leider oder glücklicherweise – ein leichtes Unwohlsein sehr oft aus geschäftlichen Rücksichten einfach überwinden müssen. « »Also kann der Herr Prokurist schon zu dir hinein[6]?« fragte der ungeduldige Vater und klopfte wiederum an die Tür. »Nein«, sagte Gregor. Im Nebenzimmer links trat eine peinliche Stille ein, im Nebenzimmer rechts begann die Schwester zu schluchzen.

Warum ging denn die Schwester nicht zu den anderen? Sie war wohl erst jetzt aus dem Bett aufgestanden und hatte noch gar nicht angefangen sich anzuziehen. Und warum weinte sie denn? Weil er nicht aufstand und den Prokuristen nicht hereinließ, weil er in Gefahr[7] war, den Posten zu verlieren und weil dann der Chef die Eltern mit den alten Forderungen[8] wieder verfolgen würde? Das

---

1. **Zerstreuung**(f. -, -en): dem Zeitvertreib dienendes Vergnügen. *Zur Zerstreuung der Gäste spielte eine Kapelle.* (**rozptýlení, zábava**)
2. **Laubsäge**(f. -, -en): Säge mit dünnem, feingezacktem Blatt. *Er hat mit der Laubsäge einen Rahmen geschnitzt.* (**lupénková pila**)
3. **hartnäckig**(Adj.): eigensinnig, beharrlich. *Er bestand hartnäckig auf seinen Forderungen.* (**tvdošíjný, umíněný**)
4. **leugnen**(V. h.): behaupten, dass etwas von anderen Gesagtes nicht wahr sei. *Er leugnet, den Mann zu kennen.* (**popírat, zapírat**)
5. **gnädig**(Adj.): I. mit herablassendem Wohlwollen. *Er war so gnädig, mir zu helfen.* (**laskavý**) II. in höflicher Anrede einer Dame gegenüber. *Gnädige Frau.* (**milostivý**)

se, jaký je pěkný; visí uvnitř v pokoji; hned ho uvidíte, jak Řehoř otevře. Jsem vůbec ráda, že tu jste, pane prokuristo; sami bychom byli Řehoře nepřiměli, aby otevřel; je takový umíněný; a určitě mu není dobře, ačkoli to ráno zapíral." „Hned přijdu," řekl Řehoř pomalu a obezřetně a nehýbal se, aby mu neušlo ani slovo z rozhovoru. „Jinak si to, milostivá paní, také nedovedu vysvětlit," řekl prokurista, „doufejme, že to není nic vážného. I když na druhou stranu zas musím říci, že my obchodníci – bohužel nebo naštěstí, jak chcete – musíme velmi často lehkou nevolnost z obchodních ohledů prostě přemoci."

„Tak může už pan prokurista k tobě dovnitř?" ptal se netrpělivý otec a znovu zaklepal na dveře. „Ne," řekl Řehoř. V pokoji vlevo nastalo trapné ticho, v pokoji vpravo začala sestra vzlykat.

Pročpak nejde sestra k ostatním? Asi teprve vstala a ještě se ani nezačala strojit. A proč pláče? Protože on nevstává a nepouští prokuristu dovnitř, protože se vystavuje nebezpečí, že ztratí místo a že by pak šéf zase znovu pronásledoval rodiče starými pohledávkami? To jsou snad přece jen zatím zbytečné starosti. Ještě je Řehoř zde a ani ho nenapadá opustit rodinu. V tuto chvíli zde ovšem leží na koberci a nikdo, kdo by znal jeho stav, by po něm nemohl vážně žádat, aby pustil prokuristu dovnitř. Ale kvůli této malé nezdvořilosti, pro niž

---

6. **hinein**(Adv.): von hier draußen nach dort drinnen, ins Innere. *Hinein ins Haus*! (**dovnitř, tam**)

7. **Gefahr**(f. -, -en): Möglichkeit, dass jmdm. etwas zustößt, dass ein Schaden eintritt. *Das ist eine Gefahr für unsere Aktion.* (**nebezpečí**)

8. **Forderung**(f. -, -en): I. das Fordern. *Seine Forderungen sind unannehmbar.* (**požadavek**) II. aus einer Warenlieferung oder Leistung resultierter Anspruch. *Die ausstehende Forderung beträgt 20 000 Mark.* (**pohledávka**)

waren doch vorläufig wohl unnötige Sorgen. Noch war Gregor hier und dachte[1] nicht im geringsten daran, seine Familie zu verlassen. Augenblicklich lag er wohl da auf dem Teppich, und niemand, der seinen Zustand gekannt hätte, hätte im Ernst von ihm verlangt, daß er den Prokuristen hereinlasse. Aber wegen dieser kleinen Unhöflichkeit, für die sich ja später leicht eine passende Ausrede finden würde, konnte Gregor doch nicht gut sofort[2] weggeschickt werden. Und Gregor schien[3] es, daß es viel vernünftiger wäre, ihn jetzt in Ruhe zu lassen, statt ihn mit Weinen und Zureden zu stören. Aber es war eben die Ungewißheit, welche die anderen bedrängte[4] und ihr Benehmen entschuldigte.

»Herr Samsa«, rief nun der Prokurist mit erhobener Stimme, »was ist denn los? Sie verbarrikadieren sich da in Ihrem Zimmer, antworten bloß mit ja und nein, machen Ihren Eltern schwere, unnötige Sorgen und versäumen – dies nur nebenbei[5] erwähnt – Ihre geschäftlichen Pflichten in einer eigentlich unerhörten Weise. Ich spreche hier im Namen Ihrer Eltern und Ihres Chefs und bitte Sie ganz ernsthaft um eine augenblickliche, deutliche Erklärung. Ich staune, ich staune. Ich glaubte Sie als einen ruhigen, vernünftigen Menschen zu kennen, und nun scheinen Sie plötzlich anfangen zu wollen, mit sonderbaren Launen zu paradieren. Der Chef deutete mir zwar heute früh eine mögliche Erklärung für Ihre Versäumnis an – sie betraf das Ihnen seit kurzem anvertraute Inkasso –, aber ich legte wahrhaftig fast mein Ehrenwort dafür ein, daß diese Erklärung nicht zutreffen könne. Nun aber sehe ich hier Ihren unbegreiflichen Starrsinn und verliere ganz und gar jede Lust, mich auch nur im geringsten für Sie einzusetzen. Und Ihre Stellung ist durchaus nicht die festeste. Ich hatte ursprünglich die Absicht,

---

1. denken (V. dachte, h. gedacht): die menschliche Fähigkeit des Erkennens und Urteilens. *Bei dieser Arbeit muss man denken.* (**myslet**)
2. sofort (Adv.): unverzüglich, auf der Stelle. *Der Arzt kommt sofort.* (**ihned, hned, najednou**)
3. scheinen (V. ie., h. ie): I. Helligkeit verbreiten, leuchten, glänzen. *Die Sonne schien den ganzen Tag.* (**svítit, zářit**) II. den Anschein haben, aussehen wie…, wirken, als ob…. *Es scheint, als käme er heute nicht mehr.* (**zdát se**)

by se přece později snadno našla vhodná výmluva, nemohou Řehoře jen tak najednou propustit. A Řehořovi se zdálo, že by bylo mnohem rozumnější, kdyby ho teď nechali na pokoji a nerušili ho pláčem a domlouváním. Ale právě ta nejistota druhé skličovala a omlouvala jejich chování.

„Pane Samso," zvolal teď prokurista zvýšeným hlasem, „copak se děje? Zabarikádujete se tu v pokoji, odpovídáte jen ano a ne, působíte rodičům velké, zbytečné starosti a zanedbáváte – podotýkám to jen tak mimochodem – své úřední povinnosti způsobem vlastně neslýchaným. Mluvím tu jménem vašich rodičů a vašeho šéfa a žádám vás se vší vážností o okamžité jasné vysvětlení. Já žasnu, já žasnu. Měl jsem za to, že vás znám jako pokojného, rozumného člověka, a vy tu teď najednou, zdá se, chcete předvádět prapodivné vrtochy. Šéf mi sice dnes ráno naznačil možné vysvětlení vaší nedbalosti – týkalo se inkasa, jež vám bylo nedávno svěřeno –, ale já jsem se opravdu téměř zaručil svým čestným slovem, že takové vysvětlení jistě není správné. Teď však tu vidím vaši nepochopitelnou umíněnost a dočista ztrácím chuť sebeméně se vás zastávat. A vaše postavení naprosto není nejpevnější. Měl jsem původně v úmyslu říci vám to všechno mezi čtyřma očima, ale když mě tu necháváte tak nadarmo ztrácet čas, nevím, proč by se o tom neměli dovědět i vaši

---

4. bedrängen(V. h.): I. hartnäckig zu einem bestimmten Handeln zu bewegen suchen. *Er bedrängt mich mit seinen Fragen.* (**dotírat na**) II. (als Sache) keine Ruhe lassen. *Die Sorgen bedrängen ihn sehr.* (**tísnit, skličovat**)

5. nebenbei(Adv.): I. gleichzeitig mit etwas anderem, noch außerdem. *Diese Arbeit kann ich noch nebenbei tun.* (**vedle toho**) II. ohne besonderen Nachdruck. *Er erwähnte dies nur nebenbei.* (**mimochodem**)

Ihnen das alles unter vier Augen zu sagen, aber da Sie mich hier nutzlos meine Zeit versäumen lassen, weiß ich nicht, warum es nicht auch Ihre Herren Eltern erfahren sollen. Ihre Leistungen in der letzten Zeit waren also sehr unbefriedigend[1]; es ist zwar[2] nicht die Jahreszeit, um besondere Geschäfte zu machen, das erkennen wir an; aber eine Jahreszeit, um keine Geschäfte zu machen, gibt es überhaupt nicht, Herr Samsa, darf es nicht geben. «

»Aber Herr Prokurist«, rief Gregor außer[3] sich und vergaß in der Aufregung alles andere, »ich mache ja sofort, augenblicklich auf. Ein leichtes Unwohlsein, ein Schwindelanfall, haben mich verhindert aufzustehen. Ich liege noch jetzt im Bett. Jetzt bin ich aber schon wieder ganz frisch. Eben[4] steige ich aus dem Bett. Nur einen kleinen Augenblick Geduld! Es geht noch nicht so gut, wie ich dachte. Es ist mir aber schon wohl. Wie das nur einen Menschen so überfallen kann! Noch gestern abend war mir ganz gut, meine Eltern wissen es ja, oder besser, schon gestern Abend hatte ich eine kleine Vorahnung[5]. Man hätte es mir ansehen müssen. Warum habe ich es nur im Geschäfte nicht gemeldet! Aber man denkt eben immer, daß man die Krankheit[6] ohne Zuhausebleiben überstehen wird. Herr Prokurist! Schonen Sie meine Eltern! Für alle die Vorwürfe, die Sie mir jetzt machen, ist ja kein Grund; man hat mir ja davon auch kein Wort gesagt. Sie haben vielleicht die letzten Aufträge, die ich geschickt[7] habe, nicht gelesen. Übrigens, noch mit dem Achtuhrzug fahre ich auf die Reise, die paar Stunden Ruhe haben mich gekräftigt. Halten Sie sich nur nicht auf, Herr Prokurist; ich bin gleich selbst im Geschäft, und haben Sie die Güte, das zu sagen und mich dem Herrn Chef zu empfehlen! «

---

1. unbefriedigend(Adj.): nicht befriedigend. *Das Ergebnis der Verhandlungen war unbefriedigend.* (**neuspokojivý**)

2. zwar(Adv.): (in Verbindung mit aber) leitet eine allgemeine Feststellung ein, der aber sogleich eine Einschränkung folgt. *Zwar war er dabei, aber angeblich hat er nichts gesehen.* (**sice**)

3. außer(Präp. mit Dat. oder Akk.): I. abgesehen von jmdm. /etwas außerhalb von, nicht mehr in. *Die Maschine ist außer Betrieb.* (**mimo, kromě**) II. **außer sich**(Dat.) sein: sehr aufgeregt sein. (**být bez sebe**)

4. eben I. (Adj.): flach, ohne Erhebungen. *Ebenes Land.* (**rovný, plochý**) II. **eben**(Adv.) temporal: gerade jetzt. *Eben tritt er ein.* (**právě, zrovna**)

páni rodiče. Vaše výkony v poslední době byly tedy velmi neuspokojivé; není sice roční doba na zvláštní obchody, to uznáváme; avšak taková roční doba, kdy by se nedělaly žádné obchody, vůbec neexistuje, pane Samso, nesmí existovat."

„Ale pane prokuristo," zvolal Řehoř celý bez sebe a v rozčilení zapomněl na všechno ostatní, „vždyť já hned, okamžitě otevřu. Slabá nevolnost, závrať mi nedovolily vstát. Ležím teď ještě v posteli. Ale teď už jsem zase docela svěží. Zrovna vstávám z postele. Jen chvilku strpení! Nejde to ještě tak dobře, jak jsem myslel. Je mi už ale líp. Jak jen to tak na člověka padne! Ještě včera večer mi bylo docela dobře, rodiče to přece vědí, totiž lépe řečeno už včera večer jsem tak trochu něco tušil. Muselo to být na mně vidět. Proč jen jsem to v obchodě nehlásil! Ale to si člověk vždycky myslí, že nemoc přechodí a že není třeba zůstávat doma. Pane prokuristo! Ušetřte mé rodiče! Vždyť k všemu tomu, co mi vyčítáte, není důvod; vždyť mi o tom nikdo slovo neřekl. Třeba jste nečetl poslední zakázky, které jsem posílal. Ostatně ještě vlakem o osmé pojedu na cestu, těch pár hodin klidu mě posilnilo. Jenom se nezdržujte, pane prokuristo; hned jsem v obchodě, a buďte tak laskav, vyřiďte to panu šéfovi spolu s mým poručením!"

---

5. **Vorahnung**(f. -, -en): (ung.) Ahnung. *Ich hatte eine Vorahnung, dass dies geschehen würde.* (**předtucha**)

6. **Krankheit**(f. -, -en): Störung der normalen Funktion des Organs, auch des geistigen, seelischen Wohlbefindens. *Eine ansteckende Krankheit.* (**nemoc, choroba**)

7. **schicken**(V. h.): jmdn. verlassen, sich zu einem bestimmten Zweck an einen bestimmten Ort zu begeben, veranlassen, dass etwas an einen bestimmten Ort gebrachr wird. *Er schickte seinem Vater ein Päckchen.* (**poslat**)

Und während Gregor dies alles hastig ausstieß[1] und kaum wußte, was er sprach, hatte er sich leicht, wohl infolge der im Bett bereits erlangten Übung, dem Kasten genähert und versuchte nun, an ihm sich aufzurichten. Er wollte tatsächlich die Tür aufmachen, tatsächlich sich sehen lassen und mit dem Prokuristen sprechen; er war begierig zu erfahren, was die anderen, die jetzt so nach ihm verlangten[2], bei seinem Anblick sagen würden. Würden sie erschrecken, dann hatte Gregor keine Verantwortung mehr und konnte ruhig sein. Würden sie aber alles ruhig hinnehmen, dann hatte auch er keinen Grund[3] sich aufzuregen, und konnte, wenn er sich beeilte, um acht Uhr tatsächlich auf dem Bahnhof sein. Zuerst glitt er[4] nun einigemale von dem glatten Kasten ab, aber endlich gab er sich einen letzten Schwung und stand aufrecht da; auf die Schmerzen im Unterleib achtete er gar nicht mehr, so sehr sie auch brannten. Nun ließ er sich gegen die Rückenlehne eines nahen Stuhles fallen, an deren Rändern er sich mit seinen Beinchen festhielt. Damit hatte er aber auch die Herrschaft über sich erlangt und verstummte[5], denn nun konnte er den Prokuristen anhören.

»Haben Sie auch nur ein Wort verstanden?« fragte der Prokurist die Eltern, »er macht sich doch wohl nicht einen Narren aus uns?« »Um Gottes willen«, rief die Mutter schon unter Weinen, »er ist vielleicht schwer krank, und wir quälen ihn. Grete! Grete!« schrie sie dann. »Mutter?« rief die Schwester von der anderen Seite. Sie verständigten sich durch Gregors Zimmer. »Du mußt augenblicklich zum Arzt. Gregor ist krank. Rasch[6] um den Arzt. Hast du Gregor jetzt reden hören?« »Das war eine Tierstimme«, sagte der Prokurist, auffallend leise

---

1. ausstoßen(V. ie., h. o): I. Aus einer Gemeinschaft ausschließen. *Er wurde aus der Partei ausgestoßen.* (**vyloučit**) II. als Äußerung des Schreckens heftig hervorbringen. *Sie hat einen Schrei ausgestoßen.* (**vyrazit výkřik, vzkřiknout, chrlit**)

2. verlangen(V. h.): I. etwas haben wollen, nachdrücklich fordern. *Das ist zu viel verlangt.* (**žádat, požadovat**) II. **verlangen nach**: jmdn. zu sehen wünschen. *Er verlangt nach dir.* (**toužit**)

3. Grund(m. -es, -ü-e): I. Boden eines Gewässers, eines Gefässes. *Das Schiff lief auf Grund.* (**dno vody, nádoby**) II. Land, Acker, das jmd. als

A zatímco to všechno Řehoř ze sebe o překot chrlil a sotva věděl, co říká, snadno se, patrně díky cviku, který získal v posteli, přiblížil k prádelníku a pokoušel se teď podle něho vztyčit. Skutečně chtěl otevřít, skutečně se chtěl ukázat a promluvit s prokuristou; byl žádostiv dovědět se, co řeknou ostatní, kteří po něm teď tak volají, až ho uvidí. Jestli se polekají, nebude už mít Řehoř žádnou odpovědnost a může být klidný. Jestli ale přijmou vše s klidem, pak ani on se nemá proč rozčilovat, a pospíší-li si, může být skutečně v osm na nádraží. Nejdříve se párkrát smekl po hladkém prádelníku, ale posléze se odrazil vší silou a stál zpříma; bolestí v podbřišku si už vůbec nevšímal, ačkoli ho tam zle pálilo. Potom padl na opěradlo blízké židle a nožičkami se zachytil jeho okraje. Avšak tím také nad sebou nabyl vlády a zůstal potichu, neboť teď si mohl poslechnout, co říká prokurista.

„Rozuměli jste jediné slovo?" ptal se prokurista rodičů, „snad si z nás nedělá blázny?" „Proboha," zvolala už matka s pláčem, „třeba je těžce nemocen a my ho tu trápíme. Markétko! Markétko!" zvolala pak. „Co je, maminko?" volala sestra z druhé strany. Domlouvaly se přes Řehořův pokoj. „Musíš okamžitě k lékaři. Řehoř je nemocen. Honem pro lékaře. Slyšelas teď, jak Řehoř mluví?" „To byl zvířecí hlas," řekl prokurista nápadně

Besitz hat. *Auf eigenem Grund.* (**pozemek**) III. Ursache, Motiv für ein Verhalten. *Die Gründe für die Tat sind unbekannt.* (**důvod, pohnutka**)
4. abgleiten(V. glitt, i. abgeglitten): abrutschen, auf glatter Oberfläche den Halt verlieren. *Das kleine Kind glitt von dem Schrank ab.* (**sklouznout, uklouznout, smeknout se**)
5. verstummen(V. i.): zu sprechen, singen, schreiben aufhören. *Das Gespräch verstummte.* (**umlknout, oněmět, zůstat potichu**)
6. rasch(Adj.): schnell, geschwind. *Er macht rasche Fortschritte.* (**rychlý**)

gegenüber[1] dem Schreien der Mutter. »Anna! Anna!« rief der Vater durch das Vorzimmer in die Küche und klatschte in die Hände, »sofort einen Schlosser holen[2]!« Und schon liefen die zwei Mädchen mit rauschenden Röcken durch das Vorzimmer – wie hatte sich die Schwester denn so schnell angezogen? – und rissen die Wohnungstüre auf. Man hörte gar nicht die Türe zuschlagen; sie hatten sie wohl offen gelassen, wie es in Wohnungen zu sein pflegt, in denen ein großes Unglück geschehen ist.

Gregor war aber viel ruhiger geworden. Man verstand zwar also seine Worte nicht mehr, trotzdem sie ihm genug klar, klarer als früher, vorgekommen waren, vielleicht infolge der Gewöhnung des Ohres. Aber immerhin[3] glaubte man nun schon daran, daß es mit ihm nicht ganz in Ordnung war, und war bereit[4], ihm zu helfen. Die Zuversicht und Sicherheit, mit welchen die ersten Anordnungen getroffen worden waren, taten ihm wohl. Er fühlte sich wieder einbezogen in den menschlichen Kreis und erhoffte von beiden, vom Arzt und vom Schlosser, ohne sie eigentlich genau zu scheiden, großartige und überraschende Leistungen. Um für die sich nähernden entscheidenden Besprechungen eine möglichst[5] klare Stimme zu bekommen, hustete er ein wenig ab, allerdings bemüht, dies ganz gedämpft zu tun, da möglicherweise auch schon dieses Geräusch anders als menschlicher Husten klang, was er selbst zu entscheiden sich nicht mehr getraute. Im Nebenzimmer war es inzwischen ganz still geworden. Vielleicht saßen die Eltern mit dem Prokuristen beim Tisch und tuschelten, vielleicht lehnten alle an der Türe und horchten.

---

1. gegenüber(Präp. mit Dat.): I. auf der entgegengesetzten Seite von etwas. *Die Schule steht gegenüber dem Rathaus.* (**naproti**) II. in Bezug auf jmdn. *Er ist dem Lehrer gegenüber. sehr höflich.* (**vůči**) III. verglichen mit jmdm. /etwas. *Er ist dir gegenüber eindeutig im Vorteil.* (**ve srovnání**)
2. holen(V. h.): I. an einen Ort gehen und von dort herbringen. *Er hat ein Buch aus der Bibliothek geholt.* (**přinést**) II. schnell herbeirufen, an einen bestimmten Ort bitten. *Wir müssen den Arzt zum kranken Vater holen.* (**dojít pro**)
3. immerhin(Adv.): wenigstens, auf jeden Fall. *Er hat sich immerhin Mühe gegeben.* (**přese všechno, buď jak buď**)

tiše ve srovnání s matčiným křikem. „Anno! Anno!" volal otec skrz předsíň do kuchyně a zatleskal, „ihned běžte pro zámečníka!" A už proběhla obě děvčata s šustícími sukněmi předsíní – jak se dokázala sestra tak rychle ustrojit? – a vyrazila z bytu. Ani nebylo slyšet bouchnout dveře; snad je nechaly otevřené, jak to bývá v bytech, kde se stalo velké neštěstí.

Ale Řehoř byl teď mnohem klidnější. Jeho slovům tedy už sice nerozuměli, ačkoliv jemu připadala dost jasná, jasnější než předtím, snad proto, že ucho si zvyklo. Ale rozhodně už teď uvěřili, že to s ním není docela v pořádku, a jsou mu schopni pomoci. Důvěra a jistota, s nimiž byla učiněna první opatření, působily na něho blahodárně. Měl pocit, že je opět zahrnut do lidského okruhu, a jak od lékaře, tak od zámečníka – jež od sebe vlastně přesně neodlišoval – čekal velkolepé a překvapivé výkony. Aby měl pro nadcházející rozhodná jednání co možná jasný hlas, odkašlal si trochu, snaže se to ovšem provést zcela tlumeně, neboť možná že už tento zvuk zněl jinak než lidské kašlání, což si už sám netroufal posoudit. Vedle v pokoji zatím všechno úplně ztichlo. Snad sedí rodina s prokuristou u stolu a šeptají si, snad se všichni opírají o dveře a naslouchají.

---

4. bereit(Adj., in bestimmten Verbindungen): I. bereit sein – fertig, gerüstet sein. *Ich bin bereit, wir können gehen.* (**hotový, připravený**)
II. zu etwas bereit sein : den Willen haben zu etwas. *Ich bin bereit, dir zu helfen.* (**ochoten schopen**)
5. möglichst(Adv.): I. so…wie möglich (in Verbindung mit Adjektiven). *Er soll möglichst bald kommen.* (**co možná**) II. nach Möglichkeit. *Er sucht eine Wohnung möglichst mit Balkon.* (**pokud možno**)

Gregor schob sich langsam mit dem Sessel zur Tür hin, ließ ihn dort los, warf[1] sich gegen die Tür, hielt sich an ihr aufrecht – die Ballen seiner Beinchen hatten ein wenig Klebstoff – und ruhte sich dort einen Augenblick lang von der Anstrengung aus. Dann aber machte er sich daran, mit dem Mund den Schlüssel im Schloß umzudrehen. Es schien leider, daß er keine eigentlichen Zähne hatte, – womit sollte er gleich den Schlüssel fassen? – aber dafür waren die Kiefer[2] freilich[3] sehr stark; mit ihrer Hilfe brachte[4] er auch wirklich den Schlüssel in Bewegung und achtete nicht darauf, daß er sich zweifellos irgendeinen Schaden zufügte, denn eine braune Flüssigkeit kam ihm aus dem Mund, floß über den Schlüssel und tropfte auf den Boden. »Hören Sie nur«, sagte der Prokurist im Nebenzimmer, »er dreht den Schlüssel um. « Das war für Gregor eine große Aufmunterung; aber alle hätten ihm zurufen sollen, auch der Vater und die Mutter: »Frisch, Gregor«, hätten sie rufen sollen, »immer nur heran, fest an das Schloß heran!« Und in der Vorstellung, daß alle seine Bemühungen mit Spannung verfolgten, verbiß er sich mit allem, was er an Kraft aufbringen konnte, besinnungslos[5] in den Schlüssel. Je nach dem Fortschreiten[6] der Drehung des Schlüssels umtanzte er das Schloß; hielt sich jetzt nur noch mit dem Munde aufrecht, und je nach[7] Bedarf hing er sich an den Schlüssel oder drückte ihn dann wieder nieder mit der ganzen Last seines Körpers. Der hellere Klang des endlich zurückschnappenden Schlosses erweckte Gregor förmlich. Aufatmend sagte er sich: »Ich habe also den Schlosser nicht gebraucht«, und legte den Kopf auf die Klinke, um die Türe gänzlich zu öffnen.

---

1. werfen(V. a., h. o): I. mit einem Schwung durch die Luft fliegen lassen. *Er hat den Ball 50 m weit geworfen. (***hodit, házet**) II. sich unvermittelt, mit Wucht irgendwohin fallen lassen. *Sie warf sich aufs Bett.* (**vrhnout se, padnout na**)
2. Kiefer(m. -s, -): I. Teil des Schädels, in dem Zähne sitzen. *Der Oberkiefer, Unterkiefer.* (**čelist**) II. (f. -, -n): Nadelbaum mit langen, in Bündeln wachsenden Nadeln. *Es gibt hier nur Kieferwälder.* (**borovice**)
3. freilich(Adv.): schränkt eine Aussage ein. *Er ist ein guter Arbeiter, freilich nur auf seinem Fachgebiet.* (**ovšem**)

Řehoř se pomalu sunul s židlí ke dveřím, tam se jí pustil, padl na dveře, držel se na nich zpříma – polštářky na jeho nožičkách byly trochu lepkavé – a chvíli tam odpočíval po té námaze. Ale pak se jal ústy otáčet klíčem v zámku. Zdálo se bohužel, že vlastně nemá žádné zuby – čím teď uchopit klíč? – zato ale v čelistech měl ovšem velkou sílu; díky jim také opravdu pohnul klíčem a nedbal na to, že si bezpochyby nějak ublížil, neboť se mu řinula nějaká hnědá tekutina, stékala po klíči a kapala na podlahu. „Poslouchejte," řekl prokurista ve vedlejším pokoji, „on otáčí klíčem." To Řehoře povzbudilo; ale všichni by na něj měli volat, i otec a matka; „Vzhůru Řehoři," měli by volat, „jen do toho, dej se pořádně do toho zámku!" A s představou, že všichni napjatě sledují jeho úsilí, celý bez sebe se zakousl do klíče vší silou, kterou v sobě měl. Podle toho, jak se klíč otáčel, tancoval kolem zámku, držel se teď zpříma už jen ústy a podle potřeby se buď na klíč věšel, nebo ho pak zas vahou celého těla tlačil dolů. Jasnější zvuk zámku, který konečně skočil zpátky, Řehoře zrovna probudil. Oddechl si a řekl: „Tak jsem tedy nepotřeboval zámečníka," a položil hlavu na kliku, aby dveře docela otevřel.

---

4. bringen(V. brachte, h. gebracht) **in Bewegung**: die Lage, Stellung von etwas verändern. *Er brachte die Kiste in Bewegung.* (**pohnout něčím**)

5. besinnungslos(Adj.): ohne Besinnung, bewusstlos. *Er ist besinnungslos vor Wut.* (**bez rozmyšlení, bez vědomí**)

6. fortschreiten(V. schritt fort, i. fortgeschritten): sich possitiv weiterentwickeln. *Die Arbeit schreitet gut fort.* (**pokračovat**)

7. je nach(Adv. +Präp.): drückt aus, dass etwas von einer bestimmten Bedingung abhängt. *Je nach Geschmack.* (**podle**)

Da er die Türe auf diese Weise öffnen mußte, war sie eigentlich schon recht weit geöffnet, und er selbst noch nicht zu sehen. Er mußte sich erst langsam um den einen Türflügel herumdrehen, und zwar sehr vorsichtig, wenn er nicht gerade vor dem Eintritt ins Zimmer plump[1] auf den Rücken fallen wollte. Er war noch mit jener[2] schwierigen Bewegung beschäftigt und hatte nicht Zeit, auf anderes zu achten, da hörte er schon den Prokuristen ein lautes » Oh! « ausstoßen – es klang, wie wenn der Wind saust[3] – und nun sah er ihn auch, wie er, der der Nächste an der Türe war, die Hand gegen den offenen Mund drückte und langsam zurückwich, als vertreibe ihn eine unsichtbare, gleichmäßig fortwirkende Kraft. Die Mutter – sie stand hier trotz der Anwesenheit des Prokuristen mit von der Nacht her noch aufgelösten, hoch sich sträubenden Haaren – sah zuerst mit gefalteten Händen den Vater an, ging dann zwei Schritte zu Gregor hin und fiel inmitten[4] ihrer rings um sie herum sich ausbreitenden Röcke nieder, das Gesicht ganz unauffindbar[5] zu ihrer Brust gesenkt. Der Vater ballte mit feindseligem[6] Ausdruck die Faust, als wolle er Gregor in sein Zimmer zurückstoßen, sah sich dann unsicher im Wohnzimmer um, beschattete[7] dann mit den Händen die Augen und weinte, daß sich seine mächtige Brust schüttelte.

Gregor trat nun gar nicht in das Zimmer, sondern lehnte sich von innen an den festgeriegelten Türflügel, so daß sein Leib nur zur Hälfte und darüber der seitlich geneigte Kopf zu sehen war, mit dem er zu den anderen hinüberlugte[8]. Es war inzwischen viel heller geworden; klar stand auf der anderen Straßenseite ein Ausschnitt des gegenüberliegenden, endlosen, grauschwarzen

---

1. plump(Adj.): von dicker, unförmiger Gestalt. *Ein plumper Körper.* (**nemotorný, neotesaný**)

2. jener, jene, jenes(Demonstrativpron.): wählt etwas entfernter Liegendes aus und weist nachdrücklich darauf hin. *Ein Spaziergang zu jener Bank.* (**onen, tamten**)

3. sausen(V. h. /i.): in sehr starker Bewegung sein und ein brausendes Geräusch hervorrufen. *Das Blut hat ihm in den Ohren gesaust.* (**šumět, hučet**)

4. inmitten(Präp. mit Gen.): mitten in, in der Mitte von. *Inmitten dieses Gebietes.* (**uprostřed**)

Poněvadž musel dveře otevírat tímto způsobem, byly už vlastně otevřeny hodně dokořán, ale jeho ještě nebylo vidět. Musel se nejdřív pomalu otočit kolem jednoho z křídel dveří, a to velice opatrně, nechtěl-li se zrovna před vchodem do pokoje svalit na záda. Byl ještě zaujat tímto obtížným pohybem a neměl čas všímat si ostatních věcí, a vtom už slyšel, jak ze sebe prokurista vyrazil hlasité „Ó!" – znělo to, jako když vítr zakvílí – a teď už ho také viděl – byl totiž nejblíž u dveří –, jak si tiskne ruku na otevřená ústa a pomalu couvá, jako by ho vyháněla nějaká neviditelná, rovnoměrně působící síla. Matka – stála tu vzdor prokuristově přítomnosti s vlasy ještě po ránu rozpuštěnými a do výšky zježenými – pohlédla nejdřív se sepjatýma rukama na otce, pak pokročila dva kroky k Řehořovi a klesla k zemi doprostřed sukní, jež se kolem ní rozprostřely, tvář jí poklesla na prsa a ztratila se. Otec s nevraživým výrazem zaťal pěst, jako by chtěl Řehoře strčit zpět do pokoje, rozhlédl se pak nejistě po obývacím pokoji, poté si rukama zakryl oči a rozplakal se, až se mu mocná hruď otřásala.

Řehoř ani do pokoje nevstoupil, zevnitř se opíral o křídlo dveří upevněné na zástrčku, takže mu bylo vidět jen polovinu trupu a nad ním ke straně skloněnou hlavu, jíž nakukoval za ostatními. Zatím se už hodně rozednilo; na druhé straně ulice

---

5. unauffindbar(Adj.): nicht auffindbar, nicht zu finden. *Der Schlüssel ist unauffindbar.* (**co nelze nalézt**)

6. feindselig(Adj.): voll Hass und Feidschaft. *Er schaute seinem Gegner mit feindseligen Blicken an.* (**nepřátelský, nevraživý**)

7. beschatten(V. h.): vor Sonne schützen, in Schatten bringen, einen Schatten werfen auf etwas. *Eine alte Linde beschattete das Haus.* (**zastínit, zaclonit**)

8. lugen(V. h.): vorsichtig, aber aufmerksam nach etwas schauen, umherschauen. *Sie lugt oft durch die Gardinen.* (**vyhlížet, číhat, vykukovat**)

Hauses – es war ein Krankenhaus – mit seinen hart die Front durchbrechenden regelmäßigen Fenstern; der Regen fiel noch nieder, aber nur mit großen, einzeln sichtbaren und förmlich auch einzelnweise auf die Erde hinuntergeworfenen Tropfen. Das Frühstücksgeschirr stand in überreicher Zahl[1] auf dem Tisch, denn für den Vater war das Frühstück die wichtigste Mahlzeit[2] des Tages, die er bei der Lektüre[3] verschiedener Zeitungen stundenlang hinzog. Gerade an der gegenüber liegenden Wand hing eine Photographie Gregors aus seiner Militärzeit, die ihn als Leutnant darstellte, wie er, die Hand am Degen[4], sorglos lächelnd, Respekt für seine Haltung und Uniform verlangte. Die Tür zum Vorzimmer war geöffnet, und man sah, da auch die Wohnungstür offen war, auf den Vorplatz der Wohnung hinaus und auf den Beginn der abwärts[5] führenden Treppe.

»Nun«, sagte Gregor und war sich dessen wohl bewußt, daß er der einzige[6] war, der die Ruhe bewahrt hatte, »ich werde mich gleich anziehen, die Kollektion zusammenpakken und wegfahren. Wollt Ihr, wollt Ihr mich wegfahren lassen? Nun, Herr Prokurist, Sie sehen, ich bin nicht starrköpfig und ich arbeite gern; das Reisen ist beschwerlich[7], aber ich könnte ohne das Reisen nicht leben. Wohin gehen Sie denn, Herr Prokurist? Ins Geschäft? Ja? Werden Sie alles wahrheitsgetreu berichten? Man kann im Augenblick unfähig sein zu arbeiten, aber dann ist gerade der richtige Zeitpunkt, sich an die früheren Leistungen zu erinnern und zu bedenken, daß man später, nach Beseitigung des Hindernisses[8], gewiß desto fleißiger und gesammelter arbeiten wird. Ich bin ja dem Herrn Chef so sehr verpflichtet,

---

1. Zahl(f. -, -en): I. Angabe einer Menge, Größe. *Zwei Zahlen addieren.* (**číslo**) II. Anzahl von Personen, Dingen usw. *Die Zahl der Mitglieder steigt ständig.* (**počet**)

2. Mahlzeit(f. -, -en): das zu bestimmten Zeiten des Tages eingenommene Essen. *Drei Mahlzeiten am Tag.* (**jídlo**)

3. Lektüre(f. -, -n): I. Literatur, die in der Schule gelesen wird. *Gute Lektüre auswählen.* (**povinná četba**) II. (ohne Plural): das Lesen eines Buches. *Wir setzen die Lektüre des Buches am Abend fort.* (**četba, čtení**)

se jasně rýsoval řetěz protějšího nekonečného černošedého domu – byla to nemocnice – s pravidelnými okny, jež tvrdě prolamovala průčelí; ještě pršelo, ale jen veliké, jednotlivě viditelné kapky, jež byly též doslova po jedné vrhány na zem. Nádobí od snídaně stálo v přehojném množství na stole, neboť pro otce byla snídaně nejdůležitějším jídlem dne, jež čtením všelijakých novin protahoval celé hodiny. Přímo na protější stěně visela Řehořova fotografie z vojny, zobrazovala ho coby poručíka, jenž s rukou na kordu a bezstarostným úsměvem vyžaduje respekt ke svému postoji i uniformě. Dveře do předsíně byly dokořán, a protože i dveře do bytu byly otevřené, bylo vidět ven na chodbu před bytem a na začátek schodů vedoucích dolů.

„Tak," řekl Řehoř a dobře si uvědomoval, že je jediný, kdo zachoval klid, „ihned se obléknu, sbalím kolekci a pojedu. Chcete ještě, chcete ještě, abych jel? Tak vidíte, pane prokuristo, nejsem umíněný a pracuji rád; s cestováním je svízel, ale já bych bez cestování nemohl žít. Kampak jdete, pane prokuristo? Do obchodu? Ano? Povíte tam všechno podle pravdy? Může se stát, že člověk není momentálně schopen pracovat, ale to je zrovna pravá chvíle, aby se vzpomnělo na jeho dřívější výkony a uvážilo se, že později, až se překážky odstraní, bude jistě pracovat s tím větší pílí

---

4. Degen(m. -s, -): Hieb- und Stichwaffe. *Den Degen ziehen.* (**kord**)

5. abwärts(Adv.): nach unten. *Er ging den Weg abwärts.* (**dolů**)

6. einzig(Adj.): hebt hervor, dass dieser überhaupt nur einmal vorhanden ist. *Sie verlor ihre einzige Tochter.* (**jediný**)

7. beschwerlich(Adj.): mit Anstrengung verbunden. *Der Weg war lang und beschwerlich.* (**obtížný**)

8. Hindernis(n. -ses, -se): etwas, was das Erreichen eines Ziels verhindert. *Wir mussten viel Hindernis überwinden.* (**překážka**)

das wissen Sie doch recht gut. Andererseits[1] habe ich die Sorge um meine Eltern und die Schwester. Ich bin in der Klemme[2], ich werde mich aber auch wieder herausarbeiten. Machen Sie es mir aber nicht schwieriger, als es schon ist. Halten Sie im Geschäft meine Partei! Man liebt den Reisenden nicht, ich weiß. Man denkt, er verdient ein Heidengeld[3] und führt dabei ein schönes Leben. Man hat eben keine besondere Veranlassung, dieses Vorurteil besser zu durchdenken. Sie aber, Herr Prokurist, Sie haben einen besseren Überblick über die Verhältnisse, als das sonstige Personal, ja sogar, ganz im Vertrauen gesagt, einen besseren Überblick, als der Herr Chef selbst, der in seiner Eigenschaft als Unternehmer[4] sich in seinem Urteil leicht zu Ungunsten eines Angestellten beirren läßt. Sie wissen auch sehr wohl, daß der Reisende, der fast das ganze Jahr außerhalb des Geschäftes ist, so leicht ein Opfer von Klatschereien, Zufälligkeiten und grundlosen Beschwerden werden kann, gegen die sich zu wehren[5] ihm ganz unmöglich ist, da er von ihnen meistens[6] gar nichts erfährt und nur dann, wenn er erschöpft eine Reise beendet hat, zu Hause die schlimmen, auf ihre Ursachen hin nicht mehr zu durchschauenden Folgen am eigenen Leibe zu spüren[7] bekommt. Herr Prokurist, gehen Sie nicht weg, ohne mir ein Wort gesagt zu haben, das mir zeigt, daß Sie mir wenigstens zu einem kleinen Teil recht geben! «

Aber der Prokurist hatte sich schon bei den ersten Worten Gregors abgewendet, und nur über die zuckende Schulter hinweg sah er mit aufgeworfenen Lippen nach Gregor zurück. Und während Gregors Rede stand er keinen Augenblick still, sondern verzog sich, ohne Gregor aus den Augen zu lassen, gegen

---

1. anderseits(Adv.): von der anderen Seite aus gesehen. *Es kränkte ihn, anderseits machte es ihn hochmütig.* (**na druhé straně, kromě toho**)

2. Klemme(f. -, -n): I. Gegenstand, mit dem man etwas festklemmt. *Die Lampe mit Klemmen anschließen.* (**sponka, svorka**) II. (ung.) peinliche oder schwierige Situation, in der sich jmd. befindet. *Mit seinem Versprechen befand er sich in einer Klemme.* (**nesnáz, tíseň**)

3. Heidengeld(n. -(e)s, 0): (ung.) sehr viel Geld. *Es kostet ein Heidengeld.* (**velmi mnoho peněz, „nekřesťanské" peníze**)

4. Unternehmer(m. -s, -): jmd., der ein Unternehmen auf eigene Kosten führt. *Der Privatunternehmer.* (**podnikatel**)

a soustředěním. Vždyť jsem panu šéfovi tolik zavázán, to přece velmi dobře víte. Kromě toho mám na starosti rodiče a sestru. Jsem v úzkých, ale zase se z toho dostanu. Nedělejte mi to však těžší, než to už je. Zastaňte se mne v obchodě! Cestující nebývá v oblibě, já vím. Lidé si myslí, že vydělává nekřesťanské peníze, a přitom si krásně žije. Nemají totiž zvláštní důvod, proč by se nad tímto předsudkem nějak víc zamýšleli. Vy ale, pane prokuristo, vy máte lepší přehled o poměrech než ostatní personál, ba dokonce, zcela jen mezi námi, lepší přehled než pan šéf, který jakožto zaměstnavatel se v úsudku snadno nechá zmást v neprospěch zaměstnance. Víte také velmi dobře, jak snadno se cestující, který bývá skoro celý rok mimo obchod, stane obětí klepů, náhod a bezdůvodných stížností, proti nimž se nikterak nemůže bránit, poněvadž se o nich většinou vůbec nedoví, a teprve až se vrátí vyčerpaný z nějaké cesty, pocítí doma na vlastní kůži zlé následky, jejichž příčiny už neprohlédne. Pane prokuristo, řekněte mi, než odejdete, slovíčko, abych viděl, že mi aspoň z malé části dáváte za pravdu!"

Ale prokurista se už při prvních Řehořových slovech odvrátil a jen se po něm s ohrnutými rty ohlížel přes poškubávající rameno. A během Řehořovy řeči chvilku klidně nepostál, nýbrž nespouštěje z Řehoře oči ustupoval ke dveřím, ale

---

5. sich wehren(V. h.): etwas nicht eifach hinnehmen, sondern dagegen angehen, Widerstand leisten. *Er wehrt sich heftig gegen Vorwürfe.* (**bránit se**)

6. meistens(Adv.): in den meisten Fällen, fast immer. *Er macht seine Reisen meistens im Sommer.* (**většinou**)

7. spüren(V. h.): I. mit den Sinnen wahrnehmen. *Er spürte ihre Hand auf seiner Schulter.* (**cítit**) II. seelisch empfinden. *Er spürte ihre Unruhe.* (**cítit, pociťovat**)

die Tür, aber ganz allmählich, als bestehe ein geheimes[1] Verbot, das Zimmer zu verlassen. Schon war er im Vorzimmer, und nach der plötzlichen Bewegung, mit der er zum letztenmal den Fuß aus dem Wohnzimmer zog, hätte man glauben können, er habe sich soeben[2] die Sohle verbrannt[3]. Im Vorzimmer aber streckte er die rechte Hand weit von sich zur Treppe hin, als warte dort auf ihn eine geradezu überirdische Erlösung[4].

Gregor sah ein, daß er den Prokuristen in dieser Stimmung auf keinen Fall weggehen lassen dürfe, wenn dadurch seine Stellung im Geschäft nicht aufs äußerste gefährdet[5] werden sollte. Die Eltern verstanden das alles nicht so gut; sie hatten sich in den langen Jahren die Überzeugung gebildet, daß Gregor in diesem Geschäft für sein Leben versorgt war, und hatten außerdem jetzt mit den augenblicklichen Sorgen so viel zu tun, daß ihnen jede Voraussicht abhanden gekommen war. Aber Gregor hatte diese Voraussicht. Der Prokurist mußte gehalten, beruhigt, überzeugt und schließlich gewonnen werden; die Zukunft Gregors und seiner Familie hing doch davon ab! Wäre doch die Schwester hier gewesen! Sie war klug; sie hatte schon geweint, als Gregor noch ruhig auf dem Rücken lag. Und gewiß hätte der Prokurist, dieser Damenfreund, sich von ihr lenken lassen; sie hätte die Wohnungstür zugemacht und ihm im Vorzimmer den Schrecken ausgeredet. Aber die Schwester war eben nicht da, Gregor selbst mußte handeln. Und ohne daran zu denken, daß er seine gegenwärtigen[6] Fähigkeiten, sich zu bewegen, noch gar nicht kannte, ohne auch daran zu denken, daß seine Rede möglicher- ja wahrscheinlicherweise wieder nicht verstanden worden war, verließ er den Türflügel; schob sich

---

1. **geheim**(Adj.): nicht öffentlich bekannt, nicht für andere bestimmt, etwas absichtlich verborgen halten. *Es fanden geheime Verhandlungen statt.* (**tajný, tajemný**)
2. **soeben**(Adv.): in diesem Augenblick. *Soeben kam die Nachricht, dass er gut angekommen ist.* (**právě teď, zrovna**)
3. **verbrennen**(V. verbrannte, h. /i. verbrannt): I. itr. vom Feuer vernichtet, getötet werden. *Drei kleine Kinder sind in der Wohnung verbrannt.* (**shořet, uhořet**) II. itr. beim Braten durch zu große Hitze verderben. *Der Braten ist total verbrannt.* (**spálit**) III. tr. vom Feuer vernichten lassen. *Er hat Holz verbrannt.* (**spálit**)

zcela pozvolna, jako by bylo tajně zakázáno opouštět pokoj. Už byl v předsíni a podle kvapného pohybu, jímž naposledy vytáhl nohu z obývacího pokoje, by si někdo mohl myslet, že si zrovna spálil podrážku. V předsíni však napřáhl pravou ruku daleko před sebe ke schodům, jako by tam na něj čekalo nějaké přímo nadpozemské vykoupení.

Řehořovi bylo jasné, že rozhodně nesmí nechat prokuristu v tomto rozpoložení odejít, nemá-li být jeho postavení v obchodě krajně ohroženo. Rodiče to vše tak dobře nechápou; nabyli za ta dlouhá léta přesvědčení, že Řehoř je v obchodě zaopatřen na celý život, a mimoto jsou teď natolik zabráni do okamžitých starostí, že ztrácejí veškerou prozíravost. Řehoř však tu prozíravost má. Prokuristu je třeba zadržet, upokojit, přesvědčit a nakonec získat; vždyť na tom závisí budoucnost Řehořova i celé rodiny! Kdyby tu tak byla sestra! Ta je chytrá; plakala už, když si Řehoř ještě klidně ležel na hřbetě. A prokurista, ten přítel žen, by si jistě dal říci; byla by zavřela dveře od bytu a v předsíni by mu to leknutí vymluvila. Jenže sestra tu právě není, Řehoř musí jednat sám. Nepřišlo mu na mysl, že ještě vůbec neví, jak se v této chvíli dokáže pohybovat, ani to mu nepřišlo na mysl, že možná, ba pravděpodobně opět nebylo rozumět tomu, co říkal, a pustil se dveřního kří-

---

4. Erlösung(f. -, -en): das Erlösen, Befreiung von körperlichem oder seelischem Schmerz, Befreiung und Sünde durch Gottes Hilfe. *Sein Tod war für ihn eine Erlösung.* (**vysvobození, vykoupení, spasení**)

5. gefährden(V. h.): in Gefahr bringen. *Der Fahrer des Busses gefährdete die Fahrgäste durch sein unvorsichtiges Fahren.* (**ohrožovat**)

6. gegenwärtig(Adj.): in der Gegenwart geschehend, jetzig, augenblicklich. *Ich bin gegenwärtig sehr beschäftigt.* (**nynější, toho času, přítomný**)

durch die Öffnung; wollte zum Prokuristen hingehen, der sich schon am Geländer[1] des Vorplatzes lächerlicherweise mit beiden Händen festhielt; fiel aber sofort, nach einem Halt suchend, mit einem kleinen Schrei auf seine vielen Beinchen nieder. Kaum war das geschehen, fühlte er zum erstenmal an diesem Morgen ein körperliches Wohlbehagen[2]; die Beinchen hatten festen Boden unter sich; sie gehorchten vollkommen[3], wie er zu seiner Freude merkte; strebten sogar darnach, ihn fortzutragen, wohin er wollte; und schon glaubte er, die endgültige Besserung alles Leidens stehe[4] unmittelbar bevor. Aber im gleichen Augenblick, als er da schaukelnd vor verhaltener Bewegung, gar nicht weit von seiner Mutter entfernt, ihr gerade gegenüber auf dem Boden lag, sprang diese, die doch so ganz in sich versunken[5] schien, mit einemmale in die Höhe, die Arme weit ausgestreckt, die Finger gespreizt[6], rief: »Hilfe, um Gottes willen Hilfe!«, hielt den Kopf geneigt, als wolle sie Gregor besser sehen, lief aber, im Widerspruch dazu, sinnlos[7] zurück; hatte vergessen, daß hinter ihr der gedeckte Tisch stand; setzte sich, als sie bei ihm angekommen war, wie in Zerstreutheit, eilig auf ihn; und schien gar nicht zu merken, daß neben ihn; aus der umgeworfenen großen Kanne der Kaffee in vollem Strome auf den Teppich sich ergoß.

»Mutter, Mutter«, sagte Gregor leise, und sah zu ihr hinauf. Der Prokurist war ihm für einen Augenblick ganz aus dem Sinn gekommen; dagegen konnte er sich nicht versagen[8], im Anblick des fließenden Kaffees mehrmals mit den Kiefern ins Leere zu schnappen. Darüber schrie die Mutter neuerdings auf, flüchtete vom Tisch und fiel dem ihr entgegeneilenden Vater in die Arme.

---

1. Geländer(n. -s, -): niedriger Zaun zum Festhalten und als Schutz an Treppen, Terassen usw. *Sie beugte sich über das Geländer*. (**zábradlí**)
2. Wohlbehagen(n. -s, 0): wohltuendes Gefühl der Zufriedenheit. *Er raucht mit Wohlbehagen seine Pfeife.* (**blaženost, pohoda**)
3. vollkommen(Adj.): ohne jeden Fehler und keiner Verbesserung bedürfend. *Das Spiel des Pianisten war vollkommen.* (**dokonalý**)
4. bevorstehen(V. stand bevor, h. bevorgestanden): bald geschehen, zu erwarten sein. *Das Fest stand nahe bevor.* (**nastávat**)

dla; šinul se otvorem ven; chystal se jít za prokuristou, který se už oběma rukama směšně přidržoval zábradlí na chodbě; ale hledaje, čeho by se zachytil, ihned upadl na spoustu svých nožiček a slabě vykřikl. Sotva se to stalo, měl poprvé toho rána pocit tělesné pohody; nožičky měly pod sebou pevnou půdu; poslouchaly dokonale, jak s radostí pozoroval; jevily dokonce snahu nést ho, kam se mu zachce, a už myslel, že co chvíli se všechno trápení konečně obrátí k lepšímu. Avšak v okamžiku, kdy tu spočinul na zemi jen kousek od matky, přímo proti ní, a kolébal se utajeným pohybem, vyskočila náhle matka, ač zdánlivě byla přece zcela pohroužena do sebe, a s pažemi široce rozpřaženými, prsty od sebe, křičela: „Pomoc, proboha, pomoc!", hlavu měla skloněnou, jako by chtěla na Řehoře líp vidět, ale v rozporu s tím pomateně utíkala pozpátku pryč; zapomněla, že za sebou má prostřený stůl; když k němu dorazila, sedla si na něj honem jako v roztržitosti; a zdálo se, že vůbec nepozoruje, že vedle ní se z převržené konvice proudem leje káva na koberec.

„Maminko, maminko," řekl Řehoř tiše a vzhlédl k ní. Prokurista se mu na chvíli docela vytratil z mysli; zato neodolal a při pohledu na vytékající kávu několikrát naprázdno chňapl čelistmi. Z toho se matka znovu dala do křiku, utekla ze

---

5. versinken(V. a., i. u): I. unter die Oberfläche von etwas geraten und verschwinden. *Das Schiff versank im Meer.* (**ponořit se**) II. sich in einer Sache ganz hingeben und nichts anderes mehr bemerken. *Sie versank in Trauer.* (**propadnout se, pohroužit se**)
6. spreizen(V. h.): soweit wie möglich auseinanderstrecken. *Die Arme, Beine, Finger spreizen.* (**rozpažit, roznožit, roztáhnout**)
7. sinnlos(Adj.): ohne Sinn oder Zweck. *Es ist sinnlos, noch länger zu warten.* (**nesmyslný, beze smyslu**)
8. sich versagen(V. h.): auf etwas verzichten. *Er versagte sich alles.* (**odepřít si, odolat**)

Aber Gregor hatte jetzt keine Zeit für seine Eltern; der Prokurist war schon auf der Treppe; das Kinn auf dem Geländer, sah er noch zum letzten Male zurück. Gregor nahm einen Anlauf[1], um ihn möglichst sicher einzuholen; der Prokurist mußte etwas ahnen, denn er machte einen Sprung über mehrere Stufen und verschwand; »Huh!« aber schrie er noch, es klang durchs ganze Treppenhaus. Leider schien nun auch diese Flucht des Prokuristen den Vater, der bisher verhältnismäßig gefaßt gewesen war, völlig zu verwirren, denn statt selbst dem Prokuristen nachzulaufen[2] oder wenigstens Gregor in der Verfolgung nicht zu hindern, packte er mit der Rechten den Stock des Prokuristen, den dieser mit Hut und Überzieher auf einem Sessel zurückgelassen hatte, holte mit der Linken eine große Zeitung vom Tisch und machte sich unter Füßestampfen daran, Gregor durch Schwenken[3] des Stockes und der Zeitung in sein Zimmer zurückzutreiben. Kein Bitten Gregors half, kein Bitten wurde auch verstanden, er mochte den Kopf noch so demütig[4] drehen, der Vater stampfte nur stärker mit den Füßen. Drüben[5] hatte die Mutter trotz des kühlen Wetters ein Fenster aufgerissen, und hinausgelehnt drückte sie ihr Gesicht weit außerhalb des Fensters in ihre Hände. Zwischen Gasse und Treppenhaus entstand eine starke Zugluft, die Fenstervorhänge flogen auf, die Zeitungen auf dem Tische rauschten, einzelne Blätter wehten über den Boden hin. Unerbittlich drängte der Vater und stieß Zischlaute[6] aus, wie ein Wilder. Nun hatte aber Gregor noch gar keine Übung im Rückwärtsgehen, es ging wirklich sehr langsam. Wenn sich Gregor nur hätte umdrehen dürfen, er wäre gleich in seinem Zimmer gewesen, aber er fürchtete sich, den

---

1. Anlauf(m. -s, ä-e): I. das Anlaufen, Lauf, der einen Sprung einleitet. Beim Anlauf ist er langsam. (**rozběh**) II. **einen Anlauf nehmen**. Einen Anfang, Versuch machen. Er nahm einen Anlauf. (**rozeběhnout se**)
2. nachlaufen(V. ie., i. a) jmdn. n.: I. eilig folgen, hinterherlaufen. *Das kleine Kind lief dem bekannten Schauspieler nach.* (**utíkat za, pronásledovat**) II. sich jmdm. nachdrängen. *Ich will ihm nicht nachlaufen.* (**dolézat**)

stolu a padla do náručí přibíhajícímu otci. Ale Řehoř neměl teď kdy na rodiče; prokurista byl už na
schodech; s bradou na zábradlí se ještě naposledy
ohlédl. Řehoř se rozběhl, aby ho pokud možno
s jistotou dohonil; prokurista však musel něco tu-
šit, neboť přeskočil několik schodů najednou
a zmizel; „hú!" křičel však ještě, rozléhalo se to
po celém schodišti. Bohužel tento prokuristův
útěk jako by teď dočista zmátl otce, který byl až
dosud poměrně klidný, neboť místo aby se sám za
prokuristou rozběhl nebo aspoň Řehořovi nepře-
kážel v pronásle- dování, popadl do pravé ruky
hůl, jíž prokurista nechal spolu s kloboukem
a převlečníkem na židli, levou sebral ze stolu veliké noviny, a dupaje začal mávat holí i novinami,
aby zahnal Řehoře zpátky do jeho pokoje. Nic ne-
pomáhaly Řehořovy prosby, nikdo těm prosbám
také nerozuměl, aťsi kroutil hlavou sebepokorněji,
otec jen tím více dupal. Na druhém konci matka
prudce otevřela okno, ačkoli venku bylo chladno,
a vyklánějíc se daleko ven, tiskla si tvář do dlaní.
Mezi ulicí a schodištěm vznikl mocný průvan, zá-
clony se rozlétly, noviny na stole šustily, jednot-
livé listy se snesly na podlahu. Neúprosně dotíral
otec a syčel přitom jako divý. Jenže Řehoř neměl
ještě vůbec cvik v couvání, šlo to opravdu hodně
pomalu. Kdyby se jen byl směl otočit, byl by ve
svém pokoji hned, ale on se bál, že zdlouhavým

---

3. schwenken(V. h. /i.): I. itr. mit ausgestrecktem Arm über seinen Kopf
schwingend hin und her bewegen. *Er hat den Hut geschwenkt.* (**mávat**)
II. tr. Im Wasser leicht hin und her bewegen und ausspülen. *Sie hat die
Kannen geschwenkt.* (**vyplachovat**)
4. demütig(Adj.): voller Demut. *Er bat demütig ums Geld.* (**pokorný,
ponížený**)
5. drüben(Adv.): auf der anderen, gegenüberliegenden Seite. *Von drüben
kommen.* (**na druhé straně**)
6. Zischlaut(m. -es, -e): stimmloser Reibelaut. (**sykavka**)

Vater durch die zeitraubende Umdrehung ungeduldig zu machen, und jeden Augenblick drohte ihm doch von dem Stock in des Vaters Hand der tödliche Schlag auf den Rücken oder auf den Kopf. Endlich aber blieb Gregor doch nichts anderes übrig[1], denn er merkte mit Entsetzen[2], daß er im Rückwärtsgehen nicht einmal die Richtung einzuhalten verstand; und so begann er, unter unaufhörlichen ängstlichen[3] Seitenblicken nach dem Vater, sich nach Möglichkeit rasch, in Wirklichkeit aber doch nur sehr langsam umzudrehen. Vielleicht merkte der Vater seinen guten Willen[4], denn er störte ihn hierbei nicht, sondern dirigierte sogar hie und da die Drehbewegung von der Ferne mit der Spitze seines Stockes. Wenn nur nicht dieses unerträgliche Zischen des Vaters gewesen wäre! Gregor verlor darüber ganz den Kopf. Er war schon fast ganz umgedreht, als er sich, immer auf dieses Zischen horchend, sogar irrte und sich wieder ein Stück zurückdrehte. Als er aber endlich glücklich mit dem Kopf vor der Türöffnung war, zeigte es sich, daß sein Körper zu breit war, um ohne weiteres durchzukommen. Dem Vater fiel es natürlich in seiner gegenwärtigen Verfassung auch nicht entfernt ein, etwa den anderen Türflügel zu öffnen, um für Gregor einen genügenden Durchgang zu schaffen. Seine fixe Idee war bloß, daß Gregor so rasch als möglich in sein Zimmer müsse. Niemals hätte er auch die umständlichen Vorbereitungen gestattet, die Gregor brauchte, um sich aufzurichten und vielleicht auf diese Weise durch die Tür zu kommen. Vielmehr trieb er, als gäbe es kein Hindernis, Gregor jetzt unter besonderem Lärm vorwärts; es klang schon hinter Gregor gar nicht mehr wie die Stimme bloß eines einzigen Vaters; nun gab es wirklich keinen

---

1. übrigbleiben(V. ie., i. ie): als Rest verbleiben. *Es ist noch eine kleine Summe übriggeblieben.* (**zbýt, zůstat**)

2. Entsetzen(n. -s, 0): mit grauen, Angst verbundener heftiger Schrecken. *Er ist vor Entsetzen bleich* (**hrůza, zděšení**)

3. ängstlich(Adj.): I. von einem Gefühl der Angst, Besorgnis erfühllt. *Er blickte ängstlich in dem dunklen Raum um.* (**bojácný**) II. übertrieben genau, gewissenhaft. *Sie war ängstlich darauf bedacht, keinen Fehler zu machen.* (**úzkostlivý**)

4. Wille(m. -ns, -n): feste Absicht, Vorsatz, Entschlossenheit. *Er soll seinen Willen haben.* (**vůle**)

otáčením připraví otce o trpělivost, a každým okamžikem mu přece hrozilo, že mu hůl v otcově ruce zasadí smrtelnou ránu do zad nebo do hlavy. Nakonec však Řehořovi přece jen nezbývalo nic jiného, neboť s hrůzou pozoroval, že při couvání nedokáže ani udržet směr; a tak, ohlížeje se co chvíli bojácně úkosem po otci, začal se co nejrychleji, ve skutečnosti však velice pomalu otáčet. Snad otec zpozoroval jeho dobrou vůli, protože ho přitom nerušil, ba dokonce tu a tam otáčení zdálky dirigoval špičkou hole. Jen kdyby nebylo toho otcova nesnesitelného syčení! Řehoř z toho dočista ztrácel hlavu. Už byl skoro úplně obrácen, když se, poslouchaje neustále to syčení, dokonce popletl a pootočil se zase kousek zpátky. Když však nakonec šťastně dostal hlavu před otvor dveří, ukázalo se, že má tělo příliš široké, než aby jen tak prošlo. Otci samosebou v jeho nynějším rozpoložení ani zdaleka nenapadlo otevřít třeba druhé křídlo dveří a vytvořit tak Řehořovi dostatečný průchod. Měl jedinou utkvělou myšlenku, že Řehoř musí co nejrychleji k sobě do pokoje. Nikdy by ani nesvolil k zdlouhavým přípravám, jež Řehoř potřeboval, aby se vztyčil a takto třeba prošel dveřmi. Jako by tu nebyla žádná zvláštní překážka, poháněl teď spíš Řehoře s obzvláštním rámusem kupředu; za Řehořem to už vůbec neznělo jako hlas jednoho jediného otce; teď už do-

---

5. sich irren(V. h.): etwas fälschlich für wahr oder richtig halten. *Ich habe mich im Datum geirrt.* (**zmýlit se, splést se**)

6. einfallen(V. ie., h. a): jmdm. unerwartet in den Sinn, ins Gedächtnis kommen. *Mir fällt sein Name nicht ein.* (**napadat, napadnout**)

7. gestatten(V. h.): einwilligen, dass jmd. etwas tut und nicht tut. *Er gestattete mir, die Bibliothek zu benutzen.* (**dovolit**)

8. vielmehr(Adv.): richtiger, besser, eher. *Man sollte ihn nicht beurteilen, vielmehr sollte man ihm helfen.* (**spíše, raději**)

Spaß mehr, und Gregor drängte sich – geschehe was wolle – in die Tür. Die eine Seite seines Körpers hob sich, er lag schief in der Türöffnung, seine eine Flanke[1] war ganz wundgerieben, an der weißen Tür blieben häßliche Flecken, bald steckte er fest und hätte sich allein nicht mehr rühren können, die Beinchen auf der einen Seite hingen zitternd oben in der Luft, die auf der anderen waren schmerzhaft zu Boden gedrückt– da gab ihm der Vater von hinten einen jetzt wahrhaftig erlösenden starken Stoß, und er flog, heftig[2] blutend, weit in sein Zimmer hinein. Die Tür wurde noch mit dem Stock zugeschlagen, dann war es endlich still.

---

1. Flanke(f. -, -n): weicher, seitlicher Teil des Rumpfes (von Tieren). *Das Pferd stand mit zitternden Flanken.* (**slabina, bok**)

2. heftig(Adj.): I. von starkem Ausmaß, großer Intensität. *Ein heftiger Sturm.* (**prudký**) II. leicht erregbar, unwillig und unbeherrscht. *Er wird leicht heftig.* (**vznětlivý**)

opravdy přestávaly všechny žerty a Řehoř se cpal do dveří děj se co děj. Jedna strana těla se zvedla, šikmo trčel v otvoru dveří, bok měl celý rozedřený, na bílých dveřích zůstaly ohavné skvrny, brzy uvízl úplně a sám od sebe by se už nebyl dokázal pohnout, nožičky z jedné strany nahoře třaslavě visely ve vzduchu, z druhé strany byly bolestivě přitlačeny na zem – vtom dostal zezadu od otce mohutnou ránu, jež ho teď opravdu vysvobodila, a silně krváceje vletěl daleko do svého pokoje. Hůl ještě přirazila dveře, pak bylo konečně ticho.

Erst in der Abenddämmerung erwachte[1] Gregor aus seinem schweren ohnmachtsähnlichen Schlaf. Er wäre gewiß nicht viel später auch ohne Störung erwacht, denn er fühlte sich genügend ausgeruht und ausgeschlafen, doch schien es ihm, als hätte ihn ein flüchtiger Schritt und ein vorsichtiges Schließen der zum Vorzimmer führenden Tür geweckt[2]. Der Schein der elektrischen Straßenlampen lag bleich hier und da auf der Zimmerdecke und auf den höheren Teilen der Möbel, aber unten bei Gregor war es finster[3]. Langsam schob er sich, noch ungeschickt mit seinen Fühlern tastend, die er erst jetzt schätzen lernte, zur Türe hin, um nachzusehen, was dort geschehen war. Seine linke Seite schien eine einzige lange, unangenehm spannende Narbe[4] und er mußte auf seinen zwei Beinreihen regelrecht[5] hinken. Ein Beinchen war übrigens im Laufe der vormittägigen Vorfälle schwer verletzt worden-es war fast ein Wunder, daß nur eines verletzt worden war – und schleppte leblos nach.

Erst bei der Tür merkte er, was ihn dorthin[6] eigentlich gelockt hatte; es war der Geruch von etwas Eßbarem[7] gewesen. Denn dort stand ein Napf[8] mit süßer Milch gefüllt, in der kleine Schnitten von Weißbrot schwammen. Fast hätte er vor Freude gelacht, denn er hatte noch größeren Hunger, als am Morgen, und gleich tauchte[9] er seinen Kopf fast bis über die Augen in die Milch hinein. Aber bald zog er ihn enttäuscht wieder zurück; nicht nur, daß ihm das Essen wegen seiner heiklen linken Seite Schwierigkeiten machte – und er konnte nur essen, wenn der ganze Körper schnaufend mitarbeitete –, so schmeckte ihm

---

1. erwachen(V. i.): aus dem Schlaf, aus einem Zustand des Träumens aufwachen, wach werden. *Als er erwahte, war es schon Tag.* (**probudit se**)

2. wecken(V. h.): wach machen. *Wecke mich um sechs Uhr!*(**budit, vzdudit**)

3. finster(Adj.): I. völlig ohne Licht. *Draußen war finstere Nacht.* (**temný**) II. (als optischer Eindruck) düster und bedrohlich. *Er macht ein finsteres Gesicht.* (**zamračený**)

4. Narbe(f. -, -n): auf der Hautoberfläche sichtbare Spur einer Wunde. *Eine Brandnarbe.* (**jizva**)

5. regelrecht(Adj.): in vollem Maße. *Das war eine regelrechte Schlägerei.* (**řádný, náležitý**)

II

Teprve za soumraku se Řehoř probudil z těžkého, mdlobného spánku. Jistě by se byl zanedlouho probudil i bez vyrušení, cítil se totiž odpočatý a vyspalý, ale připadalo mu, jako by ho byly vzbudily nějaké kvapné kroky a opatrné zavírání dveří do předsíně. Bledý svit pouličních elektrických lamp ležel tu a tam na stropě pokoje a na hořejších částech nábytku, ale dole, kde byl Řehoř, byla tma. Pomalu, ještě nešikovně tápaje tykadly, jejichž cenu teprve teď poznával, se sunul ke dveřím podívat se, co se stalo. Levý bok mu připadal jako jediná dlouhá, nepřiměřeně se napínající jizva, a na obě řady nožiček vyloženě kulhal. Jedna nožička se ostatně při dopoledních událostech těžce poranila – byl skoro zázrak, že jen jedna – a vlekl ji bezvládně za sebou.

Teprve u dveří zpozoroval, co ho tam vlastně lákalo; byl to pach nějakého jídla. Stála tam totiž miska plná sladkého mléka, v němž plavaly nakrájené kousky bílého chleba. Radostí by se byl skoro rozesmál, neboť měl ještě větší hlad než ráno, a hned ponořil skoro až po oči hlavu do mléka. Ale brzo ji zase zklamaně vytáhl; nejenže mu při jídle vadil choulostivý levý bok – a jíst dovedl jen, když celé tělo se supěním spolupracovalo –, ale navíc mu mléko, které jinak bývalo jeho zami-

---

6. dorthin(Adv.): nach jenem Ort, nach dort. *Stell dich dorthin.* (**tam**)

7. essbar(Adj.): als Nahrung für Menschen, zum Essen geeignet. *Essbare Pilze.* (**jedlý**)

8. Napf(m. -(e)s, ä-e): kleine, runde Schüssel. *Der Hundenapf.* (**miska, hrnek**)

9. tauchen(V. h. /i.): I. unter die Wasseroberfläche gehen und dort eine Weile bleiben. *Wir haben/sind mehrmals getaucht.* (**ponořit se, potopit se**) II. in eine Flüssigkeit senken, hineinhalten. *Er hat die Pinsel in die Farbe getaucht.* (**namočit**)

überdies die Milch, die sonst sein Lieblingsgetränk war, und die ihm gewiß die Schwester deshalb hereingestellt hatte, gar nicht, ja er wandte[1] sich fast mit Widerwillen von dem Napf ab und kroch[2] in die Zimmermitte zurück.

Im Wohnzimmer war, wie Gregor durch die Türspalte sah, das Gas angezündet, aber während sonst zu dieser Tageszeit der Vater seine nachmittags erscheinende Zeitung der Mutter und manchmal auch der Schwester mit erhobener Stimme vorzulesen pflegte, hörte man jetzt keinen Laut. Nun vielleicht war dieses Vorlesen, von dem ihm die Schwester immer erzählte und schrieb, in der letzten Zeit überhaupt aus der Übung[3] gekommen. Aber auch ringsherum[4] war es so still, trotzdem doch gewiß die Wohnung nicht leer war. »Was für ein stilles Leben die Familie doch führte«, sagte sich Gregor und fühlte, während er starr[5] vor sich ins Dunkle sah, einen großen Stolz darüber, daß er seinen Eltern und seiner Schwester ein solches Leben in einer so schönen Wohnung hatte verschaffen[6] können. Wie aber, wenn jetzt alle Ruhe, aller Wohlstand, alle Zufriedenheit ein Ende mit Schrecken nehmen sollte? Um sich nicht in solche Gedanken zu verlieren, setzte sich Gregor lieber in Bewegung und kroch im Zimmer auf und ab.

Einmal während des langen Abends wurde die eine Seitentüre und einmal die andere bis zu einer kleinen Spalte geöffnet und rasch wieder geschlossen; jemand hatte wohl das Bedürfnis[7] hereinzukommen, aber auch wieder zuviele Bedenken[8]. Gregor machte nun unmittelbar[9] bei der Wohnzimmertür halt, entschlossen, den zögernden Besucher doch irgendwie hereinzubringen oder doch wenigstens zu erfahren, wer es sei; aber

---

1. abwenden(V. wandte/wendete ab, h. abgewandt/abgewendet): von etwas/jmdn. weg nach der Seite wenden. *Sie hat den Blick von ihm abgewandt/abgewendet.* (**odvrátit**)

2. kriechen(V. o., i. o): sich dicht am Boden fortbewegen. *Er ist auf dem Bauch gekrochen.* (**lézt, plazit se**)

3. aus der Übung kommen: die Gewandtheit verlieren. *Er ist aus der Übung gekommen.* (**vyjít ze cviku**)

4. ringsherum(Adv.): im Umkreis, auf allen Seiten. *Der Ort ist ringsherum von den Bergen umgeben.* (**dokola, kolem**)

5. starr(Adj.): I. vollkommen, unbeweglich, steif. *Die Finger sind starr*

lovaným nápojem a které mu sem jistě proto sestra postavila, vůbec nechutnalo, ba odvrátil se skoro s odporem od misky a odlezl zpátky doprostřed pokoje.

V obývacím pokoji rozsvítili plyn, jak viděl Řehoř škvírou ve dveřích, ale ačkoli jindy otec touto dobou matce a někdy i dceři nahlas čítával z odpoledního vydání novin, nebylo teď slyšet ani hlásku. Nu, třeba už toho předčítání, o němž mu sestra vždycky vyprávěla i psala, nadobro nechali. Ale všude kolem bylo takové ticho, přestože byt přece jistě nebyl prázdný. „Jakým tichým životem to rodina žije," řekl si Řehoř, a zíraje upřeně do tmy, pociťoval velkou hrdost, že rodičům i sestře zaopatřil takový život v tak pěkném bytě. Ale což jestli teď všechen klid, všechen blahobyt, všechna spokojenost vezme hrozný konec? Aby nepropadal takovým myšlenkám, začal se Řehoř pohybovat a lezl po pokoji sem a tam.

Jednou za celý ten dlouhý večer se malou škvírou pootevřely a rychle opět zavřely jedny postranní dveře a jednou ty druhé; nejspíš se někomu zachtělo vejít dovnitř, ale potom si to zas rozmyslel. Řehoř si tedy stoupl rovnou ke dveřím do obývacího pokoje, odhodlán přece jen dostat váhajícího návštěvníka dovnitř nebo aspoň zjistit, kdo to je; ale dveře se teď už neotevíraly a Řehoř čekal marně. Dříve, dokud byly dveře zamčeny,

---

von der Kälte. (**tuhý**) II. (von den Augen) weit geöffnet aber ohne Lebendigkeit. *Ein starrer Blick.* (**strnulý, upřený**)

6. verschaffen(V. h.): jmdm. etwas besorgen, zu etwas verhelfen, etwas erwerben. *Er verschaffte sich Geld.* (**opatřit, zaopatřit**)

7. Bedürfnis(n. -ses, -se): Gefühl, jmds. /einer Sache zu bedürfen. *Er fühlt ein großes Bedürfnis nach Ruhe.* (**potřeba**)

8. Bedenken(n. -s, -): Vorbehalt, Zweifel hinsichtlich eines Tuns. *Seine Bedenken äußern.* (**pochyby**)

9. unmittelbar(Adj.): ohne räumlichen oder zeilichen Abstand. *Der Baum steht in unmittelbarer Nähe des Hauses.* (**bezprostřední**)

nun wurde die Tür nicht mehr geöffnet und Gregor wartete vergebens. Früh, als die Türen versperrt waren hatten alle zu ihm hereinkommen wollen, jetzt, da er die eine Tür geöffnet hatte und die anderen offenbar während des Tages geöffnet worden waren, kam keiner mehr, und die Schlüssel steckten[1] nun auch von außen.

Spät erst in der Nacht wurde das Licht im Wohnzimmer ausgelöscht, und nun war leicht festzustellen, daß die Eltern und die Schwester so lange wachgeblieben waren, denn wie man genau hören konnte, entfernten[2] sich jetzt alle drei auf den Fußspitzen. Nun kam gewiß bis zum Morgen niemand mehr zu Gregor herein; er hatte also eine lange Zeit, um ungestört zu überlegen, wie er sein Leben jetzt neu ordnen sollte. Aber das hohe freie Zimmer, in dem er gezwungen war, flach auf dem Boden zu liegen, ängstigte[3] ihn, ohne daß er die Ursache herausfinden konnte, denn es war ja sein seit fünfjahren von ihm bewohntes Zimmer- und mit einer halb unbewußten[4] Wendung und nicht ohne eine leichte Scham eilte er unter das Kanapee, wo er sich, trotzdem sein Rücken ein wenig gedrückt wurde und trotzdem er den Kopf nicht mehr erheben konnte, gleich sehr behaglich fühlte und nur bedauerte, daß sein Körper zu breit war, um vollständig unter dem Kanapee untergebracht[5] zu werden.

Dort blieb er die ganze Nacht, die er zum Teil im Halbschlaf, aus dem ihn der Hunger immer wieder aufschreckte, verbrachte, zum Teil aber in Sorgen und undeutlichen Hoffnungen, die aber alle zu dem Schlusse führten, daß er sich vorläufig ruhig verhalten und durch Geduld und größte Rücksichtnahme der Familie die Unannehmlichkeiten erträglich machen müsse, die er ihr in seinem gegenwärtigen Zustand nun einmal zu verursachen gezwungen war.

---

1. stecken(V. h.): I. etwas mit einer Spitze versehens so in etwas fügen, dass es haften bleibt. *Die Nadel in den Stoff stecken.* (**zarazit, strčit**) II. (steckte/stak, h. gesteckt): an einer bestimmten Stelle eingepasst, auf etwas aufgesteckt. *Ein Ring steckt an ihrem Finger.* (**být, vězet**)

2. entfernen(V. h.): I. machen, dass jmd. /etwas nicht mehr da ist. *Ein Schild entfernen.* (**odstranit**) II. sich entfernen(V:h.): einen Ort verlassen. *Er hat sich heimlich entfernt.* (**vzdálit se**)

všichni chtěli k němu dovnitř, teď, když jedny dveře sám otevřel a druhé byly patrně otevřeny během dne, nepřicházel nikdo a klíče byly teď také zastrčeny zvenčí.

Teprve pozdě v noci se v obývacím pokoji zhaslo, a teď bylo snadné zjistit, že rodiče a sestra byli až do té doby vzhůru, bylo totiž jasně slyšet, jak všichni tři po špičkách odcházejí. Teď už k Řehořovi až do rána jistě nikdo nepřijde; měl tedy spoustu času rozmyslet si v klidu, jak by si teď měl nově uspořádat svůj život. Avšak vysoký, prázdný pokoj, v němž byl nucen naplocho ležet na podlaze, mu naháněl strach, a přitom ani nevěděl proč, vždyť to byl jeho pokoj, v němž bydlil už pět let – i obrátil se napolo bezděčně a pospíšil si s trochou studu pod pohovku, kde se ihned cítil velmi příjemně, ačkoli měl hřbet trochu zmáčknut a ačkoli nemohl už zvednout hlavu, a litoval jenom, že se mu tělo kvůli té šířce nevejde pod pohovku celé.

Tam zůstal celou noc, již zčásti strávil v polospánku, z něhož ho co chvíli vytrhl hlad, zčásti však v starostech a nejasných nadějích, které však vesměs vedly k závěru, že se prozatím musí chovat klidně a trpělivostí a všestrannými ohledy pomoci rodině snášet nesnáze, které jí v svém nynějším stavu nutně bude působit.

---

3. ängstigen(V. h.): in Angst versetzen, Angst machen. *Diese Situation ängstigt mich.* (**děsit, znepokojovat**)
4. unbewusst(Adj.): ohne sich über die betreffende Sache eigentlich klar zu sein. *Er hat unbewusst das Richtige getan.* (**podvědomý, neúmyslný**)
5. unterbringen(V. brachte unter, h. untergebracht): I. für jmdn. /etwas Platz finden. *Er konnte das ganze Gepäck im Wagen unterbringen.* (**uložit**) II. jmdm. eine Unterkunft beschaffen. *Er brachte seine Gäste im Hotel unter.* (**ubytovat**)

Schon am frühen Morgen, es war fast noch Nacht, hatte Gregor Gelegenheit, die Kraft seiner eben gefaßten Entschlüsse[1] zu prüfen, denn vom Vorzimmer her öffnete die Schwester, fast völlig angezogen, die Tür und sah mit Spannung herein. Sie fand ihn nicht gleich, aber als sie ihn unter dem Kanapee bemerkte – Gott, er mußte doch irgendwo sein, er hatte doch nicht wegfliegen können – erschrak sie so sehr, daß sie, ohne sich beherrschen zu können, die Tür von außen wieder zuschlug. Aber als bereue[2] sie ihr Benehmen, öffnete sie die Tür sofort wieder und trat, als sei sie bei einem Schwerkranken oder gar bei einem Fremden, auf den Fußspitzen herein. Gregor hatte den Kopf bis knapp[3] zum Rande des Kanapees vorgeschoben und beobachtete sie. Ob sie wohl bemerken würde, daß er die Milch stehen gelassen hatte, und zwar keineswegs[4] aus Mangel[5] an Hunger, und ob sie eine andere Speise hereinbringen würde, die ihm besser entsprach? Täte sie es nicht von selbst, er wollte lieber verhungern, als sie darauf aufmerksam machen, trotzdem es ihn eigentlich ungeheuer[6] drängte, unterm Kanapee vorzuschießen, sich der Schwester zu Füßen zu werfen und sie um irgendetwas Gutes zum Essen zu bitten. Aber die Schwester bemerkte sofort mit Verwunderung den noch vollen Napf, aus dem nur ein wenig Milch ringsherum verschüttet war, sie hob ihn gleich auf, zwar nicht mit den bloßen Händen, sondern mit einem Fetzen[7], und trug ihn hinaus. Gregor war äußerst neugierig, was sie zum Ersatze bringen würde, und er machte sich die verschiedensten Gedanken darüber. Niemals aber hätte er erraten[8] können, was die Schwester in ihrer Güte wirklich tat. Sie brachte ihm, um seinen Geschmack zu prüfen, eine ganze Auswahl[9], alles auf einer alten Zeitung ausgebreitet. Da war altes

---

1. Entschluss(m. Entschlusses, Entschlüsse): durch Überlegung gewonnene Absicht, etwas Bestimmtes zu tun. *Ein weiser Entschluss.* (**rozhodnutí, předsevzetí**)

2. bereuen(V. h.): Reue empfinden (über etwas*). Er bereute seine Worte.* (**litovat**)

3. knapp(Adj.): I. gerade noch ausreichend. *Die Lebensmittel werden knapp.* (**skrovný**) II. etwas weniger als, nicht ganz. *Er ist knapp vierzig.* (**téměř, sotva**)

4. keineswegs(Adv.): durchaus nicht. *Das ist keineswegs der Fall.* (**nikterak**)

5. Mangel(m. -s, ä): I. (ohne Plural) das Fehlen von etwas, was man

Už časně ráno, skoro byla ještě noc, měl Řehoř příležitost vyzkoušet, jak pevné je předsevzetí, jež pojal, neboť sestra, skoro úplně oblečená, otevřela dveře z předsíně a napjatě se dívala dovnitř. Nenašla ho hned, ale když ho zpozorovala pod pohovkou – někde proboha musel přece být, nemohl přece odletět –, vyděsila se tolik, že se neovládla a zase dveře zvenčí přibouchla. Ale jako by litovala svého chování, hned zas dveře otevřela a vešla po špičkách jako k těžce nemocnému nebo dokonce k někomu cizímu. Řehoř vysunul hlavu až k samému kraji pohovky a pozoroval ji. Jestlipak si všimne, že se mléka ani nedotkl, a to ne že by neměl hlad, a jestlipak přinese nějaké to jídlo, které by mu líp vyhovovalo? Neudělá-li to sama od sebe, umře raději hlady, než aby ji na to upozorňoval, přestože vlastně cítil strašné nutkání vyrazit zpod pohovky, vrhnout se sestře k nohám a poprosit o něco dobrého k jídlu. Ale sestra okamžitě s údivem zpozorovala dosud plnou misku, z níž jen trochu mléka bylo kolem dokola rozlito, hned ji zvedla, ne sice holou rukou, nýbrž s hadrem, a vynesla ji ven. Řehoř byl náramně zvědav, co mu za to přinese, a dělal si nejrůznější představy. Nikdy by byl ale neuhodl, co sestra ve své dobrotě skutečně učinila. Aby vyzkoušela jeho chuť, přinesla mu na starých novinách rozprostřený celý výběr. Byla tu stará nahnilá zelenina;

---

braucht. *Wegen des Mangels an Facharbeitern kann die Firma den Auftrag nicht annehmen.* (**nedostatek**) II. etwas, was nicht so ist, wie es sein sollte. *An der Maschine traten schwere Mängel auf.* (**závada**)

6. ungeheuer(Adj.): sehr stark. *Es war eine ungeheuere Anstrengung.* (**ohromný, strašný**)

7. Fetzen(m. -s, -): abgerissenes Stück. *Fetzen von Papier lagen auf dem Boden.* (**cár, hadr**)

8. erraten(V. ie., h. a): mit Hilfe seiner Vorstellungskraft erkennen, herausfinden. *Du hast meinen Wunsch erraten.* (**uhodnout**)

9. Auswahl(f. -, -): das Auswählen. *Die Auswahl unter den vielen Stoffen ist schwer.* (**výběr**)

halbverfaultes[1] Gemüse; Knochen vom Nachtmahl her, die von festgewordener weißer Sauce umgeben waren; ein paar Rosinen und Mandeln; ein Käse, den Gregor vor zwei Tagen für ungenießbar[2] erklärt hatte; ein trockenes Brot, ein mit Butter beschmiertes[3] Brot und ein mit Butter beschmiertes und gesalzenes Brot. Außerdem stellte sie zu dem allen noch den wahrscheinlich ein für allemal für Gregor bestimmten Napf, in den sie Wasser gegossen hatte. Und aus Zartgefühl, da sie wußte, daß Gregor vor ihr nicht essen würde, entfernte sie sich eiligst und drehte sogar den Schlüssel um, damit nur Gregor merken könne, daß er es sich so behaglich machen dürfe, wie er wolle. Gregors Beinchen schwirrten[4], als es jetzt zum Essen ging. Seine Wunden mußten übrigens auch schon vollständig geheilt sein, er fühlte keine Behinderung[5] mehr, er staunte darüber und dachte daran, wie er vor mehr als einem Monat sich mit dem Messer ganz wenig in den Finger geschnitten, und wie ihm diese Wunde noch vorgestern genug wehgetan[6] hatte. »Sollte ich jetzt weniger Feingefühl haben?« dachte er und saugte schon gierig[7] an dem Käse, zu dem es ihn vor allen anderen Speisen sofort und nachdrücklich gezogen hatte. Rasch hintereinander[8] und mit vor Befriedigung tränenden Augen verzehrte[9] er den Käse, das Gemüse und die Sauce; die frischen Speisen dagegen schmeckten ihm nicht, er konnte nicht einmal ihren Geruch vertragen und schleppte sogar die Sachen, die er essen wollte, ein Stückchen weiter weg. Er war schon längst mit allem fertig und lag nur noch faul auf der gleichen Stelle, als die Schwester zum Zeichen, daß er sich zurückziehen solle, langsam den Schlüssel umdrehte. Das schreckte ihn sofort auf, trotzdem er schon fast schlummerte, und

---

1. verfaulen(V. i.): gänzlich faul werden. *Das Obst war bereits verfault.* (**shnít, zetlít**)

2. ungenießbar(Adj.): zum Essen, Trinken ungeeignet. *Dieser Pilz ist ungenießbar.* (**nepoživatelný**)

3. beschmieren(V. h.): I. bestreichen. *Eine Brotschnitte mit Butter beschmieren.* (**namazat, pomazat**) II. sich den Anzug mit Farbe beschmieren. (**zamazat**)

4. schwirren(V. i.): I. sich mit leisem, hell klingendem Ton durch die Luft bewegen. *Käfer schwirrten durch die Luft.* (**cvrlikat**) II. Die Pfeile sind durch die Luft geschwirrt. (**svištět**)

kosti od večeře obalené ztuhlou bílou omáčkou, trochu rozinek a mandlí; kus sýra, o němž Řehoř dva dny předtím prohlásil, že se nedá jíst; suchý chleba, chleba s máslem a posolený chleba s máslem. Mimoto postavila k tomu všemu ještě misku určenou patrně jednou provždy pro Řehoře, do níž nalila vodu. A z taktu, neboť věděla, že by Řehoř před ní nejedl, zmizela co nejrychleji, a dokonce otočila klíčem, jen aby Řehoř pochopil, že si může udělat pohodlí jaké chce. Řehořovi se nožičky jen míhaly, když šlo o jídlo. Ostatně i jeho rány se už úplně zahojily, nic už mu nevadilo, žasl nad tím a vzpomněl si, jak se víc než před měsícem nepatrně řízl nožem do prstu a jak ho ta rána ještě předevčírem bolela. Že bych byl teď méně citlivý? pomyslel si a už začal hltavě ocucávat sýr, který ho ze všech jídel lákal nejdříve a nejnaléhavěji. Na jeden ráz a s očima slzícíma uspokojením zhltl sýr, zeleninu a omáčku; naopak čerstvá jídla mu nechutnala, ani jejich pach nesnášel, a dokonce věci, které se chystal sníst, si odvlekl kousek stranou. Dávno byl už se vším hotov a jen líně ležel na tom samém místě, když sestra pomalu otočila klíčem na znamení, aby se odklidil. To ho hned vyplašilo, ačkoliv už skoro podřimoval, a pospíchal zase pod pohovku. Ale stálo ho to velké přemáhání, aby zůstal pod pohovkou i tu krátkou dobu, co byla sestra v pokoji, neboť z hoj-

---

5. Behinderung(f. -, -en): das Behindern. *Geistige Behinderung.* (**překážka**)

6. weh(Adj.): schmerzend, (meist in Verbindung mit „tun"). *Mein Kopf tut mir weh.* (**bolavý**)

7. gierig(Adj.): von Gier erfüllt. *Gierige Blicke.* (**žádostivý**)

8. hintereinander(Adv.): einer hinter dem andern, unmittelbar aufeinanderfolgend. *Ich arbeite acht Stunden hintereinander.* (**za sebou**)

9. verzehren(V. h.): I. eine Mahlzeit zu sich nehmen. *Hast du gestern in diesem Lokal viel verzehrt?*(**sníst, zhltnout**) II. bis zur völligen Erschöpfung aufbrauchen. *Die Krankheit hat ihre Kräfte völlig verzehrt.* (**pohltit**)

er eilte wieder unter das Kanapee. Aber es kostete ihn große Selbstüberwindung, auch nur die kurze Zeit, während welcher die Schwester im Zimmer war, unter dem Kanapee zu bleiben, denn von dem reichlichen[1] Essen hatte sich sein Leib[2] ein wenig gerundet und er konnte dort in der Enge kaum atmen. Unter kleinen Erstickungsanfällen sah er mit etwas hervorgequollenen Augen zu, wie die nichtsahnende Schwester mit einem Besen nicht nur die Überbleibsel[3] zusammenkehrte, sondern selbst die von Gregor gar nicht berührten Speisen, als seien also auch diese nicht mehr zu gebrauchen, und wie sie alles hastig in einen Kübel[4] schüttete, den sie mit einem Holzdeckel schloß, worauf sie alles hinaustrug. Kaum hatte sie sich umgedreht, zog sich schon Gregor unter dem Kanapee hervor und streckte und blähte[5] sich.

Auf diese Weise bekam nun Gregor täglich sein Essen, einmal am Morgen, wenn die Eltern und das Dienstmädchen noch schliefen, das zweitemal nach dem allgemeinen[6] Mittagessen, denn dann schliefen die Eltern gleichfalls noch ein Weilchen, und das Dienstmädchen wurde von der Schwester mit irgendeiner Besorgung weggeschickt. Gewiß wollten auch sie nicht, daß Gregor verhungere, aber vielleicht hätten sie es nicht ertragen können, von seinem Essen mehr als durch Hörensagen zu erfahren, vielleicht wollte die Schwester ihnen auch eine möglicherweise nur kleine Trauer ersparen, denn tatsächlich litten[7] sie ja gerade genug.

Mit welchen Ausreden man an jenem ersten Vormittag den Arzt und den Schlosser wieder aus der Wohnung geschafft hatte, konnte Gregor gar nicht erfahren, denn da er nicht verstanden wurde, dachte niemand daran, auch die Schwester nicht, daß er die

---

1. reichlich(Adj.): I. das normale Maß von etwas überschreitend. *Die Portionen sind reichlich.* (**bohatý, hojný**) II. (verstärkend bei Adjektiven) sehr, ziemlich. *Er kam reichlich spät.* (**dost**)

2. Leib(m. -es, Leiber): I. Körper. *Er hat die Folgen seiner Tat am eigenen Leib zu spüren bekommen.* (**tělo**) II. der untere Teil des Körpers. *Er trat ihn in den Leib.* (**břicho**)

3. Überbleibsel(n. -s, -): etwas, was als Rest von etwas übriggeblieben ist. *Wenige Steine waren die eizigen Überbleibsel der Kapelle, die hier gestanden hatte.* (**zbytek**)

4. Kübel(m. -s, -): größeres, rundes Gefäß für Flüssigkeiten. *Ein Kübel Wasser.* (**vědro, kbelík**)

ného jídla se mu trochu zakulatilo břicho a v tom těsném prostoru sotva dýchal. Co chvíli se tak trochu dusil a přitom s očima poněkud vyboulenýma přihlížel, jak nic netušící sestra smetá koštětem nejen zbytky, ale i jídlo, jehož se Řehoř ani nedotkl, jako by tedy ani to už nebylo k potřebě, a jak chvatně všechno hází do kbelíku, který uzavřela dřevěným víkem, načež všechno vynesla ven. Sotva se otočila, vysoukal se Řehoř zpod pohovky a protáhl se a nafoukl.

Takto dostával teď Řehoř najíst každý den, jednou ráno, kdy rodiče i služka ještě spali, podruhé, když se všichni naobědvali, neboť potom si rodiče ještě na chvíli zdřímli a služku poslala sestra pro něco ven. Jistě ani oni nechtěli, aby Řehoř umřel hlady, ale snad by byli nesnesli, aby se dovídali o jeho jídle jinak než z doslechu, snad je chtěla sestra ušetřit sebemenšího zármutku, vždyť se opravdu trápili už tak dost.

Jakými výmluvami dostali to první dopoledne lékaře a zámečníka zase z bytu, to se už Řehoř vůbec nemohl dovědět, neboť jelikož jemu nebylo rozumět, nenapadlo nikoho, ani sestru, že by on mohl rozumět druhým a když byla sestra u něho v pokoji, musel se spokojit s tím, že jen tu a tam zaslechl, jak vzdychá a vzývá všechny svaté. Teprve později, když si na všechno trochu zvykla – že by si zvykla docela, na to nebylo ovšem ani po-

---

5. blähen(V. h.): I. mit Luft füllen und dadurch prall machen. *Der Wind blähte die Segel.* (**nadouvat**) II. **sich blähen**(V. h.): übermäßig viel Gas in Darm und Magen bilden. (**nadýmat se**)

6. allgemein(Adj.): allen gemeinsam, überall verbreitet. *Die allgemeine Meinung.* (**všeobecný**)

7. leiden(V. litt, h. gelitten): I. einen Zustand von schwerer Krankheit, seelischem Leiden oder Schmerzen zu ertragen haben. *Er hat bei dieser Krankheit viel leiden müssen.* (**trpět**) II. an einem bestimmten Leiden erkrankt sein. *An einer schweren Krankheit leiden.* (**trpět čím**)

Anderen verstehen könne, und so mußte er sich, wenn die Schwester in seinem Zimmer war, damit begnügen, nur hier und da ihre Seufzer und Anrufe der Heiligen zu hören. Erst später, als sie sich ein wenig an alles gewöhnt hatte – von vollständiger Gewöhnung konnte natürlich niemals die Rede sein –, erhaschte[1] Gregor manchmal eine Bemerkung, die freundlich gemeint war oder so gedeutet[2] werden konnte. »Heute hat es ihm aber geschmeckt«, sagte sie, wenn Gregor unter dem Essen tüchtig aufgeräumt hatte, während sie im gegenteiligen Fall, der sich allmählich immer häufiger wiederholte, fast traurig zu sagen pflegte: »Nun ist wieder alles stehengeblieben. «

Während aber Gregor unmittelbar keine Neuigkeit erfahren konnte, erhorchte[3] er manches aus den Nebenzimmern, und wo er nur einmal Stimmen hörte, lief er gleich zu der betreffenden Tür und drückte sich mit ganzem Leib an sie. Besonders in der ersten Zeit gab[4] es kein Gespräch, das nicht irgendwie, wenn auch nur im geheimen, von ihm handelte. Zwei Tage lang waren bei allen Mahlzeiten Beratungen darüber zu hören, wie man sich jetzt verhalten solle; aber auch zwischen den Mahlzeiten sprach man über das gleiche Thema[5], denn immer waren zumindest[6] zwei Familienmitglieder zu Hause, da wohl niemand allein zu Hause bleiben wollte und man die Wohnung doch auf keinen Fall gänzlich verlassen konnte. Auch hatte das Dienstmädchen gleich am ersten Tag – es war nicht ganz klar, was und wieviel sie von dem Vorgefallenen wußte-kniefällig[7] die Mutter gebeten, sie sofort zu entlassen, und als sie sich eine Viertelstunde danach verabschiedete, dankte sie für die Entlassung unter Tränen, wie für die größte Wohltat, die man ihr hier erwiesen hatte, und gab, ohne daß man es von ihr verlangte, einen fürchterlichen Schwur[8] ab, niemandem auch nur das Geringste zu verraten.

---

1. **erhaschen**(V. h.): durch rasches Zugreifen fangen, fassen, auffangen. *Einen Blick von jmdm. erhaschen.* (**polapit, pochytit, zachytit**)

2. **deuten**(V. h.): I. (mit etwas) irgendwohin zeigen. *Er deutete (mit dem Finger) auf ihn.* (**ukazovat, naznačovat**) II. (einer Sache) einen bestimmten Sinn beilegen. *Träume deuten.* (**vykládat**)

3. **erhorchen**(V. h.): aufmerksam zuhören, etwas zu hören versuchen. *Etwas an der Tür erhorchen.* (**zaslechnout**)

4. **geben**(V. a., h. e): (in der Fügung) es gibt jmdn. /etwas – jmd. /etwas kommt vor, ist vorhanden. *Es gibt heute wenige Bauern.* (**být, existovat**)

myšlení –, pochytil Řehoř občas nějakou poznámku, která byla míněna laskavě nebo se tak dala vyložit. „Dnes mu ale chutnalo," říkala, když Řehoř jídlo jaksepatří spořádal, kdežto v opačném případě, který se postupem času opakoval čím dál častěji, říkávala skoro smutně: „Zase to všechno nechal."

I když se Řehoř nemohl bezprostředně dovědět nic nového, leccos vyposlechl z vedlejších pokojů, a kdykoli zaslechl nějaké hlasy, hned se hnal k příslušným dveřím a celým tělem se na ně přimáčkl. Zvláště první dobu nebylo rozhovoru, aby se, třeba jen skrytě, nedotýkal jeho. Celé dva dny bylo při každém jídle slyšet, jak rokují, co teď počít; ale i mezi jednotlivými jídly se mluvilo na totéž téma, neboť vždy byli doma aspoň dva členové rodiny, protože nikdo ani nechtěl zůstávat doma sám, a nechat byt úplně opuštěný bylo přece naprosto vyloučeno. Služka také hned první den – nebylo docela jasné, co a kolik o celém případě věděla – na kolenou prosila matku, aby ji okamžitě propustila, a když se za čtvrt hodiny nato loučila, děkovala se slzami v očích za propuštění jako za největší dobrodiní, jakého se jí tu dostalo, a aniž ji kdo o to žádal, strašlivě se zapřisáhla, že nikomu nevyzradí ani to nejmenší.

---

5. Thema(n. -s, Themen): Gegenstand oder leitender Gedanke einer Untersuchung, eines Gesprächs. *Wir wollen beim Thema bleiben.* (**téma**)
6. zumindest(Adv.): als wenigstes, auf jeden Fall. *Ich kann zumindest verlangen, dass er mich anhört.* (**přinejmenším, alespoň**)
7. kniefällig(Adj.): mit einem Kniefall. *Jmdn. kniefällig um etwas bitten.* (**vkleče, na kolenou**)
8. Schwur(m. -(e)s, ü-e): (feierliches) Versprechen. *Einen Schwur halten.* (**přísaha**)

Nun mußte die Schwester im Verein[1] mit der Mutter auch kochen; allerdings machte das nicht viel Mühe, denn man aß[2] fast nichts. Immer wieder hörte Gregor, wie der eine den anderen vergebens zum Essen aufforderte und keine andere Antwort bekam, als: »Danke, ich habe genug« oder etwas Ähnliches. Getrunken wurde vielleicht auch nichts. Öfters fragte die Schwester den Vater, ob er Bier haben wolle, und herzlich erbot[3] sie sich, es selbst zu holen, und als der Vater schwieg, sagte sie, um ihm jedes Bedenken zu nehmen, sie könne auch die Hausmeisterin darum schicken, aber dann sagte der Vater schließlich ein großes »Nein«, und es wurde nicht mehr davon gesprochen.

Schon im Laufe des ersten Tages legte der Vater die ganzen Vermögensverhältnisse und Aussichten sowohl der Mutter, als auch der Schwester dar. Hie und da stand er vom Tische auf und holte aus seiner kleinen Wertheimkassa, die er aus dem vor fünf Jahren erfolgten Zusammenbruch[4] seines Geschäftes gerettet hatte, irgendeinen Beleg oder irgendein Vormerkbuch. Man hörte, wie er das komplizierte Schloß aufsperrte und nach Entnahme des Gesuchten wieder verschloß[5]. Diese Erklärungen des Vaters waren zum Teil das erste Erfreuliche[6], was Gregor seit seiner Gefangenschaft zu hören bekam. Er war der Meinung gewesen, daß dem Vater von jenem Geschäft her nicht das Geringste übriggeblieben war, zumindest hatte ihm der Vater nichts Gegenteiliges[7] gesagt, und Gregor allerdings hatte ihn auch nicht darum gefragt. Gregors Sorge war damals nur gewesen, alles daranzusetzen, um die Familie das geschäftliche Unglück, das alle in eine vollständige Hoffnungslosigkeit ge-

---

1. Verein(m. -s, -e): I. Organisation, in der sich Personen mit gemeinsamen Interessen, Zielen zu gemeinsamem Tun zusammengeschlossen haben. *Einen Verein gründen.* (**spolek**) II. **im Verein mit:** zusammen, im Zusammenwirken mit. *Im Verein mit dem Roten Kreuz versuchte man zu helfen.* (**jednota, spolupráce**)

2. essen(V. aß, h. gegessen): Nahrung zu sich nehmen. *Ich habe noch nichts gegessen.* (**jíst**)

3. sich erbieten(V. o., h. e): (etwas zu tun) sich bereit erklären. *Er erbot mich, es zu tun.* (**nabízet se**)

4. Zusammenbruch(m. -s, ü-e): das Zusammenbrechen. I. *Der Staat*

Teď musila sestra spolu s matkou i vařit; nedalo to ovšem mnoho práce, protože skoro nic nejedli. Znovu a znovu slýchal Řehoř, jak jeden druhého marně vybízí k jídlu a nedostává jinou odpověď než: „Děkuji, mám dost," nebo něco podobného. Snad ani nepili. Často se ptávala sestra otce, jestli chce pivo, a upřímně se nabízela, že pro ně sama dojde, a když otec mlčel, řekla, aby zabránila všem pochybám, že pro ně může poslat také domovníci, ale nakonec pak řekl otec rozhodně „Ne," a dál se o tom nemluvilo.

Hned první den vyložil otec matce i sestře celkové majetkové poměry a vyhlídky. Tu a tam vstal od stolu a z malé wertheimky, kterou zachránil před pěti lety při bankrotu svého obchodu, přinesl nějaký doklad nebo zápisník. Bylo slyšet, jak odmyká složitý zámek a zase ho zamyká, když vyndal to, co hledal. Tyto otcovy výklady byly částečně první potěšitelnou věcí, kterou Řehoř od začátku svého zajetí uslyšel. Měl za to, že otci z onoho obchodu nezbylo ani to nejmenší, alespoň mu otec nic opačného neřekl a Řehoř se ho po tom ovšem ani neptal. Jedinou Řehořovou starostí bylo tehdy přičinit se ze všech sil, aby rodina co nejrychleji zapomněla na tu obchodní pohromu, která všechny uvrhla do napjaté beznaděje. A tak se tehdy pustil s docela mimořádným zápalem do práce a skoro přes noc se z malého příručího stal

---

stand vor dem Zusammenbruch. (**úpadek**) II. *Viele Aufregungen führten bei ihm zu einem totalen Zusammenbruch.* (**zhroucení**)

5. verschließen(V. verschloss, h. verschlossen): I. mit einem Schloss zu machen, schließen, sichern. *Er verschloss alle Zimmer.* (**uzavřít, zamknout**) II. sich verschließen: der Meinung eines anderen nicht zugänglich sein. *Er konnte sich dieser Überlegung nicht verschließen.* (**uzavřít se**)

6. erfreulich(Adj.): so geartet, dass man sich darüber freuen kann. *Das ist nicht gerade erfreulich.* (**potěšitelný**)

7. gegenteilig(Adj.): das Gegenteil bildend. *Das Mittel hatte gerade gegenteilige Wirkung.* (**opačný**)

bracht hatte, möglichst rasch vergessen zu lassen. Und so hatte er damals mit ganz besonderem Feuer zu arbeiten angefangen und war fast über Nacht aus einem kleinen Kommis[1] ein Reisender geworden, der natürlich ganz andere Möglichkeiten des Geldverdienens hatte, und dessen Arbeitserfolge sich sofort in Form der Provision zu Bargeld verwandelten, das der erstaunten[2] und beglückten Familie zu Hause auf den Tisch gelegt werden konnte. Es waren schöne Zeiten gewesen, und niemals nachher[3] hatten sie sich, wenigstens in diesem Glanze, wiederholt, trotzdem Gregor später so viel Geld verdiente, daß er den Aufwand[4] der ganzen Familie zu tragen imstande war und auch trug. Man hatte sich eben daran gewöhnt, sowohl[5] die Familie, als auch Gregor, man nahm das Geld dankbar an, er lieferte es gern ab, aber eine besondere Wärme wollte sich nicht mehr ergeben. Nur die Schwester war Gregor doch noch nahe geblieben, und es war sein geheimer Plan, sie, die zum Unterschied von Gregor Musik sehr liebte und rührend Violine[6] zu spielen verstand, nächstes Jahr, ohne Rücksicht auf die großen Kosten, die das verursachen mußte, und die man schon auf andere Weise hereinbringen würde, auf das Konservatorium zu schicken. Öfters während der kurzen Aufenthalte Gregors in der Stadt wurde in den Gesprächen mit der Schwester das Konservatorium erwähnt, aber immer nur als schöner Traum, an dessen Verwirklichung nicht zu denken war, und die Eltern hörten nicht einmal diese unschuldigen Erwähnungen gern; aber Gregor dachte sehr bestimmt daran und beabsichtigte[7], es am Weihnachtsabend feierlich[8] zu erklären.

---

1. **Kommis**(m. -, -): (ausgestorben) Handlungsgehilfe, kaufmännischer Angestellter. *Er hat als Kommis gearbeitet.* (**obchodní příručí**)
2. **erstaunen**(V. h.): jmds. Vorstellungen, Erwartungen übertreffen. *Seine Reaktion hat uns sehr erstaunt.* (**překvapit**)
3. **nachher**(Adv.): I. etwas später, in näherer, nicht genau bestimmter Zukunft. *Nachher gehen wir einkaufen.* (**potom**) II. unmittelbar nach einem Geschehen. *Vorher hatte er keine Zeit und nachher keine Lust.* (**poté**)
4. **Aufwand**(m. -(e)s, 0): I. das, was für etwas aufgewendet wird. *Dieser Aufwand an Kraft war nicht erforderlich.* (**vynaložení, vydání**)

obchodním cestujícím, který měl ovšem daleko jiné možnosti výdělku a jehož pracovní úspěchy se formou provize okamžitě měnily v hotové peníze, jež pak mohl doma užaslé a šťastné rodině položit na stůl. Bývaly to krásné časy a nikdy se pak už neopakovaly, aspoň ne s tím leskem, ačkoli Řehoř později vydělával tolik, že byl s to nést výdaje celé rodiny a také je nesl. Prostě si na to zvykli, jak rodina, tak Řehoř, oni s povděkem přijímali peníze, on je rád odevzdával, ale chyběla tomu už jaksi ta pravá srdečnost. Pouze sestra byla Řehořovi přece jen i nadále blízká, a poněvadž na rozdíl od něho velice milovala hudbu a dovedla jímavě hrát na housle, pojal tajný úmysl, že jí napřesrok pošle na konzervatoř bez ohledu na velké výlohy, které s tím jistě budou spojeny a které už nějak uhradí. Když se Řehoř nakrátko zdržel v městě, často padla v rozhovorech se sestrou zmínka o konzervatoři, ale vždy jen jako o krásném snu, na jehož uskutečnění se nedalo ani pomyslit, a rodiče ani tyto nevinné zmínky neslyšeli rádi; ale Řehoř na to pomýšlel s určitostí a hodlal vše na Štědrý večer slavnostně oznámit.

II. Luxus, übertriebene Pracht. *Er leistete sich einen gewissen Aufwand.* (**přepych**)

5. sowohl(Konj.)(in Verbindung) sowohl…. als auch: betont nachdrücklicher als „und" das gleichzeitige Vorhandensein. *Er spricht sowohl Englisch als auch Italienisch.* (**jak – tak**)

6. Violine(f. -, -n): Geige. *Ein Konzert für Violine und Orchester.* (**housle**)

7. beabsichtigen(V. h.): tun, ausführen wollen, die Absicht haben. *Das war nicht beabsichtigt.* (**zamýšlet, pomýšlet**)

8. feierlich(Adj.): der Festlichkeit, dem Ernst des Geschehens angemessen. *Es herrschte feierliche Stille.* (**slavnostní**).

Solche in seinem gegenwärtigen Zustand ganz nutzlose[1] Gedanken gingen ihm durch den Kopf, während er dort aufrecht an der Türe klebte und horchte. Manchmal konnte er vor allgemeiner Müdigkeit[2] gar nicht mehr zuhören und ließ den Kopf nachlässig gegen die Tür schlagen, hielt[3] ihn aber sofort wieder fest, denn selbst das kleine Geräusch, das er damit verursacht hatte, war nebenan[4] gehört worden und hatte alle verstummen lassen. »Was er nur wieder treibt«, sagte der Vater nach einer Weile, offenbar zur Türe hingewendet, und dann erst wurde das unterbrochene Gespräch allmählich wieder aufgenommen.

Gregor erfuhr nun zur Genüge – denn der Vater pflegte sich in seinen Erklärungen öfters zu wiederholen, teils[5], weil er selbst sich mit diesen Dingen schon lange nicht beschäftigt hatte, teils auch, weil die Mutter nicht alles gleich beim ersten Mal verstand –, daß trotz allen Unglücks ein allerdings ganz kleines Vermögen[6] aus der alten Zeit noch vorhanden[7] war, das die nicht angerührten Zinsen in der Zwischenzeit ein wenig hatten anwachsen lassen. Außerdem aber war das Geld, das Gregor allmonatlich nach Hause gebracht hatte – er selbst hatte nur ein paar Gulden für sich behalten –, nicht vollständig aufgebraucht worden und hatte sich zu einem kleinen Kapital angesammelt. Gregor, hinter seiner Türe, nickte eifrig, erfreut über diese unerwartete Vorsicht und Sparsamkeit. Eigentlich hätte er ja mit diesen überschüssigen Geldern die Schuld des Vaters gegenüber dem Chef weiter abgetragen haben können, und jener Tag, an dem er diesen Posten hätte loswerden können, wäre weit näher gewesen, aber jetzt war es zweifellos besser so, wie es der Vater eingerichtet hatte.

---

1. nutzlos(Adj.): keinen Nutzen, Gewinn bringend. *Die Bemühung war völlig nutzlos.* (**neužitečný, marný**)

2. Müdigkeit(f. -, 0): müde Beschaffenheit, Erschöpfung. *Ich könnte vor Müdigkeit umfallen.* (**únava, umdlenost**)

3. festhalten(V. ie., h. a): I. nicht loslassen. *Sie hielt das Kind am Arm fest.* (**pevně držet**) II. sich festhalten: sich an etwas halten (um nicht zu fallen). *Sie hielten sich am Geländer fest.* (**chytit se**)

4. nebenan(Adv.): unmittelbar daneben, in unmittelbarer Nachbarschaft. *Das Haus nebenan.* (**vedle**)

Takové myšlenky, jež v jeho současném stavu nebyly vůbec k ničemu, mu táhly hlavou, když tam stál zpříma přilepen na dveře a naslouchal. Někdy už samou únavou nemohl ani naslouchat a hlava mu ochable udeřila o dveře, ale hned ji zase vztyčil, neboť i tak nepatrný hluk, jaký tím způsobil, bylo vedle slyšet a všichni zmlkli. „Co to zase vyvádí?" řekl otec po chvíli, obraceje se zřejmě ke dveřím, a teprve pak se zas pomalu vrátil k přerušenému rozhovoru.

Řehořovi bylo teď sdostatek jasné – otec totiž obvykle své výklady častěji opakoval, jednak proto, že se sám těmito věcmi už dávno nezabýval, jednak také proto, že matka všemu hned napoprvé neporozuměla –, že přes všechno neštěstí zbylo ještě ze starých časů docela malé ovšem jmění, jež díky nedotčeným úrokům mezitím vzrostlo. Kromě toho však ty peníze, jež Řehoř měsíc co měsíc nosil domů – sám si pro sebe ponechával jen pár zlatek –, se neutratily docela a nashromáždil se z nich malý kapitál. Řehoř za dveřmi horlivě přikyvoval a měl radost z té nečekané prozíravosti a šetrnosti. Byl by vlastně mohl těmito přebytečnými penězi dále uplatit otcův dluh šéfovi, takže den, kdy by se mohl zbavit toho místa, by se byl značně přiblížil, ale teď to bylo nepochybně lepší tak, jak to zařídil otec.

---

5. teils(Adv.)(in Verbindung) teils...teils: zum Teil...zum Teil. *Seine Kinder leben teils in Köln teils in Berlin.* (**jednak – jednak, zčásti – zčásti**)

6. Vermögen(n. -s, -): I. (ohne Plural) Kraft, Fähigkeit etwas bestimmtes zu tun. *Sein Vermögen, die Menschen mitzureißen, ist groß.* (**schopnost, moc**) II. Besitz, der einen materiellen Welt darstellt. *Ein großes Vermögen besitzen.* (**jmění, majetek**)

7. vorhanden(Adj.): zur Verfügung stehend. *Alle vorhandenen Tücher waren gebraucht.* (**jsoucí po ruce, zbylý**)

Nun genügte dieses Geld aber ganz und gar nicht, um die Familie etwa von den Zinsen leben zu lassen; es genügte vielleicht, um die Familie ein, höchstens[1] zwei Jahre zu erhalten, mehr war es nicht. Es war also bloß eine Summe, die man eigentlich nicht angreifen[2] durfte, und die für den Notfall[3] zurückgelegt werden mußte; das Geld zum Leben aber mußte man verdienen. Nun war aber der Vater ein zwar gesunder, aber alter Mann, der schon fünf Jahre nichts gearbeitet hatte und sich jedenfalls nicht viel zutrauen durfte; er hatte in diesen fünf Jahren, welche die ersten Ferien[4] seines mühevollen und doch erfolglosen Lebens waren, viel Fett[5] angesetzt und war dadurch recht schwerfällig geworden. Und die alte Mutter sollte nun vielleicht Geld verdienen, die an Asthma litt, der eine Wanderung durch die Wohnung schon Anstrengung verursachte, und die jeden zweiten Tag in Atembeschwerden[6] auf dem Sopha beim offenen Fenster verbrachte? Und die Schwester sollte Geld verdienen, die noch ein Kind war mit ihren siebzehn Jahren, und der ihre bisherige Lebensweise so sehr zu gönnen[7] war, die daraus bestanden hatte, sich nett zu kleiden, lange zu schlafen, in der Wirtschaft mitzuhelfen, an ein paar bescheidenen Vergnügungen sich zu beteiligen und vor allem Violine zu spielen? Wenn die Rede auf diese Notwendigkeit des Geldverdienens kam, ließ zuerst immer Gregor die Türe los und warf sich auf das neben der Tür befindliche kühle Ledersopha, denn ihm war ganz heiß vor Beschämung und Trauer.

Oft lag er dort die ganzen langen Nächte über, schlief keinen Augenblick und scharrte nur stundenlang auf dem Leder. Oder er scheute nicht die große Mühe, einen Sessel zum Fenster zu

---

1. höchstens(Adv.): nicht mehr als. *Er schläft höchstens sechs Stunden.* (**nanejvýš**)

2. angreifen(V. griff an, h. angegriffen): I. in feindlicher Absicht vorgehen. *Die feidlichen Truppen griffen plötzlich an.* (**zaútočit**) II. mit dem Verbrauch von etwas, was man bis jetzt angeführt als Reserve angesehen hat, beginnen. *Ich musste schon meine Vorräte angreifen.* (**sáhnout na**)

3. Notfall(m. -(e)s, ä-e): unversehen eintretende schwierige Situation. *Im Notfall kannst du bei uns übernachten.* (**případ nouze**)

4. Ferien(f. nur Pluralform): der Erholung dienende, in bestimmten Abständen immer wiederkehrende Zeit. *Die Ferien beginnen bald.* (**prázdniny**)

Jenže těch peněz zdaleka nebylo dost, aby snad rodina mohla být živa z úroků; vystačily by rodině k životu snad na rok, nejvýš na dva, na víc ne. Byla to tedy jen částka, na kterou se vlastně nesmí sáhnout a která se musí uložit pro případ nouze; peníze na živobytí však třeba vydělávat. Jenže otec byl sice zdravý, ale starý člověk, který už pět let vůbec nepracoval a rozhodně si nesměl příliš troufat; za těch pět let, jež byla prvními prázdninami v jeho namáhavém a přece neúspěšném životě, hodně ztloustl a stal se těžkopádný. A má teď snad vydělávat stará matka, kterou trápí záducha, takže už přejít pokoj je pro ni námaha, a která každý druhý den proleží s návalem dušnosti na pohovce u otevřeného okna? A má teď vydělávat peníze sestra, která je v sedmnácti letech ještě dítě a jíž je tolik třeba dopřát, aby mohla žít tak jako doposud, to jest hezky se strojit, dlouho spát, pomáhat v domácnosti, užít trochu skromné zábavy a především hrát na housle? Když přišla řeč na tuto nezbytnost vydělávat peníze, odtrhl se Řehoř vždycky nejdřív ode dveří a padl na chladné kožené sofa vedle dveří, neboť zrovna hořel hanbou a zármutkem.

Často tam proležel celé dlouhé noci, ani oka nezamhouřil a celé hodiny jen škrábal do kůže. Anebo nelitoval velké námahy a přisunul k oknu židli, pak vylezl na okenní parapet, a vzpíraje se

---

5. **Fett**(n. -(e)s, -e): im Körper von Menschen und Tieren vorkommenes weiches Gewebe. *Die Gans hat viel Fett.* (**tuk**)

6. **Beschwerde**(f. -, -n): I. Klage, mit der sich jmd. über jmdn. /etwas beschwert. *Die Beschwerde hatte nichts genutzt.* (**stížnost**) II. (Pluralform): körperliche Leiden. *Die Beschwerden des Alters.* (**potíže**)

7. **gönnen**(V. h.): jmdm. etwas neidlos zugestehen, weil man Meinung ist, dass der Betreffende es braucht. *Dem Lehrer die Ferien gönnen.* (**přát, dopřát**)

schieben, dann die Fensterbrüstung hinaufzukriechen und, in den Sessel gestemmt[1], sich ans Fenster zu lehnen, offenbar nur in irgendeiner Erinnerung an das Befreiende, das früher für ihn darin gelegen war, aus dem Fenster zu schauen. Denn tatsächlich sah er von Tag zu Tag die auch nur ein wenig entfernten Dinge immer undeutlicher; das gegenüberliegende Krankenhaus, dessen nur allzu häufigen Anblick er früher verflucht[2] hatte, bekam er überhaupt nicht mehr zu Gesicht, und wenn er nicht genau gewußt hätte, daß er in der stillen, aber völlig städtischen Charlottenstraße wohnte, hätte er glauben können, von seinem Fenster aus in eine Einöde[3] zu schauen, in welcher der graue Himmel und die graue Erde ununterscheidbar sich vereinigten. Nur zweimal hatte die aufmerksame Schwester sehen müssen, daß der Sessel beim Fenster stand, als sie schon jedesmal, nachdem sie das Zimmer aufgeräumt hatte, den Sessel wieder genau zum Fenster hinschob, ja sogar von nun[4] ab den inneren Fensterflügel offen ließ.

Hätte Gregor nur mit der Schwester sprechen und ihr für alles danken können, was sie für ihn machen mußte, er hätte ihre Dienste leichter ertragen; so aber litt er darunter. Die Schwester suchte freilich die Peinlichkeit des Ganzen möglichst zu verwischen[5], und je längere Zeit verging, desto besser gelang es ihr natürlich auch, aber auch Gregor durchschaute mit der Zeit alles viel genauer. Schon ihr Eintritt war für ihn schrecklich. Kaum war sie eingetreten, lief sie, ohne sich Zeit zu nehmen, die Türe zu schließen, so sehr sie sonst darauf achtete, jedem den Anblick von Gregors Zimmer zu ersparen, geradewegs[6] zum Fenster und riß es, als ersticke[7] sie fast, mit hastigen Händen auf, blieb auch, selbst wenn es noch so kalt war, ein Weilchen beim Fenster und

---

1. stemmen(V. h.): I. durch starkes Dagegendrücken (etwas) zu bewegen. *Er stemmte den Rücken gegen die Tür.* (**vzpínat**) II. **sich stemmen**: seinen Körper mit aller Kraft gegen etwas drücken. *Er stemmte sich gegen die Tür und drückte sie ein.* (**opírat se, vzpírat se**)

2. verfluchen(V. h.): seinen Ärger mit Heftigkeit äußern. *Er hat schon oft verflucht, dass er damals mitgemacht hat.* (**proklínat**)

3. Einöde(f. -, 0): einsame Gegend, Wüsterei. *In dieser Einöde könnte ich nicht leben.* (**pustina, samota**)

v židli, nahýbal se k oknu, patrně jen v jakési vzpomínce na osvobodivý pocit, jaký míval dřív, když se díval z okna. Neboť ve skutečnosti den ze dne viděl i nepatrně vzdálené věci méně a méně zřetelně; protější nemocnici, již dříve vídal tak často, až ji proklínal, ztratil už úplně z dohledu, a nevěděl s jistotou, že bydlí v tiché, ale ve všem všudy městské Charlottině ulici, mohl by mít za to, že hledí z okna do pustiny, kde šedavé nebe a šedavá zem k nerozeznání splývají. Pozorné sestře stačilo, že jen dvakrát viděla stát židli u okna, a od té doby pokaždé, když v pokoji uklidila, přistavila židli zase přesně k oknu, ba dokonce nechávala od té doby vnitřní okno otevřené.

Kdyby jen byl mohl Řehoř promluvit se sestrou a poděkovat jí za všechno, co pro něj musí udělat, hned by byl její služby snášel snáze; takto tím však trpěl. Sestra se ovšem snažila zahladit pokud možno trapnost celé věci a postupem času se jí to též samozřejmě vedlo líp a líp, jenže i Řehoř časem všechno mnohem lépe rozpoznával. Už to, jak vcházela, bylo pro něj hrozné. Sestra vešla, ani neztrácela čas zavíráním dveří, ačkoliv jinak velice dbala na to, aby každého ušetřila pohledu do Řehořova pokoje, rovnou běžela k oknu a chvatnýma rukama je dokořán otevřela, jako by se málem dusila, zůstávala též, ať bylo sebevíc chladno, chvíli u okna a zhluboka dýchala. Tím lí-

---

4. nun(Adv.): bezeichnet einen Zeitpunkt, zu dem etwas eintritt, einsetzt. *Nun kann ich ruhig schlafen.* **(nyní)** *Von nun ab.* **(od té doby)**

5. verwischen(V. h.): durch Wischen undeutlich machen. *Das Meer verwischte die Spuren im Sand.* **(setřít, zahladit)**

6. geradewegs(Adv.): ohne einen Umweg zu machen, unmittelbar und ohne Umschweife. *Er ging geradewegs nach Hause.* **(přímo, rovnou)**

7. ersticken(V. i.): I. itr. durch Mangel an Luft sterben. *Sie waren im Rauch erstickt.* **(udusit se)** II. ersticken(V. h.) tr.: durch Hemmen der Atmung töten. *Sie hat das Kind erstickt.* **(udusit)**

atmete tief. Mit diesem Laufen und Lärmen erschreckte sie Gregor täglich zweimal; die ganze Zeit über zitterte[1] er unter dem Kanapee und wußte doch sehr gut, daß sie ihn gewiß gerne damit verschont hätte, wenn es ihr nur möglich gewesen wäre, sich in einem Zimmer, in dem sich Gregor befand, bei geschlossenere Fenster aufzuhalten.

Einmal, es war wohl schon ein Monat seit Gregors Verwandlung vergangen, und es war doch schon für die Schwester kein besonderer Grund mehr, über Gregors Aussehen in Erstaunen zu geraten, kam sie ein wenig früher als sonst und traf[2] Gregor noch an, wie er, unbeweglich und so recht zur Erschrecken aufgestellt, aus dem Fenster schaute. Es wäre für Gregor nicht unerwartet gewesen, wenn sie nicht eingetreten wäre, da er sie durch seine Stellung verhinderte[3], sofort das Fenster zu öffnen, aber sie trat nicht nur nicht ein, sie fuhr sogar zurück und schloß die Tür; ein Fremder hätte geradezu denken können, Gregor habe ihr aufgelauert[4] und habe sie beißen wollen. Gregor versteckte sich natürlich sofort unter dem Kanapee, aber er mußte bis zum Mittag warten, ehe die Schwester wiederkam, und sie schien viel unruhiger als sonst. Er erkannte[5] daraus, daß ihr sein Anblick noch immer unerträglich war und ihr auch weiterhin[6] unerträglich bleiben müsse, und daß sie sich wohl sehr überwinden mußte, vor dem Anblick auch nur der kleinen Partie seines Körpers nicht davonzulaufen, mit der er unter dem Kanapee hervorragte. Um ihr auch diesen Anblick zu ersparen, trug er eines Tages auf seinem Rücken – er brauchte zu dieser Arbeit vier Stunden – das Leintuch[7] auf das Kanapee und ordnete es in einer solchen Weise an, daß er nun gänzlich[8] verdeckt war, und daß die Schwester, selbst

---

1. zittern(V. h.): sich in ganz kurzen und unwillkürlichen Schwingungen bewegen. *Er zitterte vor Angst.* (**třást se**)

2. antrefen(V. a., h. o): an einen bestimmten Ort treffen. . *Ich habe ihn nicht zu Hause angetroffen.* (**zastihnout**)

3. verhindern(V. h.): durch bestimmte Maßnahmen bewirken, dass etwas nicht geschieht. *Das muss ich unter allen Umständen verhindern.* (**zabránit, překážet**)

4. auflauern(V. h.): in böser Absicht auf jmdn. lauern, warten. *Er hatte seinem Opfer im Dunkeln aufgelauert.* (**číhat, vyčíhat si**)

5. erkennen(V. erkannte, h. erkannt): mit Augen oder Ohren deutlich

táním a lomozem děsila Řehoře dvakrát za den, celou tu dobu se třásl pod pohovkou a přitom věděl velmi dobře, že by ho toho jistě ráda ušetřila, jen kdyby byla s to vydržet při zavřených oknech v místnosti, kde byl Řehoř.

Jednou, bylo to jistě už měsíc od Řehořovy proměny a sestra neměla už přece nijak zvlášť proč žasnout nad Řehořovým vzhledem, přišla trochu dřív než jindy a zastihla ještě Řehoře, jak nehnutě a v postoji věru úděsném vyhlíží z okna. Řehoře by bylo nepřekvapilo, kdyby byla nevstoupila, překážel jí totiž, takže nemohla otevřít okno, ale ona nejenže nevstoupila, uskočila dokonce a zamkla za sebou; někdo cizí by si musel pomyslit, že na ni Řehoř číhal a chtěl ji kousnout. Řehoř se ovšem ihned schoval pod pohovku, ale musel čekat až do poledne, než se sestra vrátila, a zdála se mu mnohem neklidnější než jindy. Z toho viděl, že pohled na něj je pro ni stále ještě nesnesitelný a nutně bude nesnesitelný i nadále a že se asi hodně musí přemáhat, aby neutekla už při pohledu na malý kousek jeho těla, jímž vyčnívá zpod pohovky. Aby ji ušetřil i tohoto pohledu, odnesl jednoho dne na hřbetě na pohovku prostěradlo – potřeboval na tu práci čtyři hodiny – a upravil je tak, že byl teď úplně zakryt a že by ho sestra neuviděla, ani kdyby se sehnula. Kdyby se domnívala, že to prostěradlo je zbytečné, mohla je přece od-

---

wahrnehmen. *In der Dämmerung konnte man die einzelnen Personen nicht erkennen.* (**poznat, rozeznat**)

6. weiterhin(Adv.): I. auch in der folgenden Zeit. *Sie leben weiterhin im Hause ihrer Eltern.* (**nadále**) II. darüber hinaus. *Weiterhin forderte er, dass man sofort mit der Arbeit beginnen sollte.* (**dále**)

7. Leintuch(n. -es, ü-er): Bettuch. *Die Mutter wäscht die Leintücher.* (**prostěradlo**)

8. gänzlich(Adj.): völlig, vollkommen. *Er hat es gänzlich vergessen.* (**úplně, zcela**)

wenn sie sich bückte[1], ihn nicht sehen konnte. Wäre dieses Leintuch ihrer Meinung nach nicht nötig gewesen, dann hätte sie es ja entfernen können, denn daß es nicht zum Vergnügen Gregors gehören konnte, sich so ganz und gar abzusperren, war doch klar genug, aber sie ließ das Leintuch, so wie es war, und Gregor glaubte sogar einen dankbaren[2] Blick erhascht zu haben, als er einmal mit denn Kopf vorsichtig das Leintuch ein wenig lüftete, um nachzusehen[3], wie die Schwester die neue Einrichtung aufnahm.

In den ersten vierzehn Tagen konnten es die Eltern nicht über sich bringen, zu ihm hereinzukommen, und er hörte oft, wie sie die jetzige Arbeit der Schwester völlig anerkannten, während sie sich bisher häufig über die Schwester geärgert hatten, weil sie ihnen als ein etwas nutzloses Mädchen erschienen war. Nun aber warteten oft beide, der Vater und die Mutter, vor Gregors Zimmer, während die Schwester dort aufräumte, und kaum war sie herausgekommen, mußte sie ganz genau erzählen, wie es in dem Zimmer aussah, was Gregor gegessen hatte, wie er sich diesmal benommen hatte, und ob vielleicht eine kleine Besserung zu bemerken war. Die Mutter übrigens wollte verhältnismäßig bald Gregor besuchen, aber der Vater und die Schwester hielten sie zuerst mit Vernunftgründen zurück, denen Gregor sehr aufmerksam zuhörte, und die er vollständig billigte[4]. Später aber mußte man sie mit Gewalt[5] zurückhalten, und wenn sie dann rief: »Laßt mich doch zu Gregor, er ist ja mein unglücklicher Sohn! Begreift ihr es denn nicht, daß ich zu ihm muß? «, dann dachte Gregor, daß es vielleicht doch gut wäre, wenn die Mutter hereinkäme, nicht jeden Tag natürlich, aber vielleicht einmal in der Woche; sie verstand doch alles viel besser als die Schwester, die trotz all ihrem Mute[6] doch nur ein Kind war und im letzten Grunde vielleicht nur aus kindlichem[7] Leichtsinn eine so schwere Aufgabe übernommen hatte.

---

1. sich bücken(V. h.): den Oberkörper nach vorn beugen. *Er bückte sich nach dem heruntergefallenem Bleistift.* (**sehnout se**)

2. dankbar(Adj.): I. vom Gefühl des Dankens erfüllt. *Ein dankbares Kind.* (**vděčný**) II. lohnend: *eine dankbare Arbeit.* (**vděčný**)

3. nachsehen(V. a., h. e): I. hinter jmdm. /etwas hersehen. *Er sah dem Zug nach.* (**ohlédnout se**) II. prüfen, sich mit prüfenden Blicken überzeugen. (**přesvědčit se, dohlédnout**)

4. billigen(V. h.): zustimmen, genehmigen, einverstanden sein. *Einen Vorschlag billigen.* (**schvalovat**)

stranit, vždyť bylo dost jasné, že se Řehoř neuzavírá tak nadobro jen pro zábavu, ale ona nechala prostěradlo, jak bylo, a Řehořovi se dokonce zdálo, že zachytil vděčný pohled, když jednu chvíli prostěradlo opatrně hlavou nadzdvihl, aby se podíval, jak sestra přijala nové zařízení.

Prvních čtrnáct dní se rodiče nemohli odhodlat, aby k němu vešli, a slýchal často, jak mluví o sestřině nynější práci s uznáním, kdežto až dosud se na sestru nejednou zlobili, neboť jim připadala tak trochu k ničemu. Teď však oba, otec i matka, často čekávali před Řehořovým pokojem, zatímco tam sestra uklízela, a sotva vyšla ven, musela jim dopodrobna vyprávět, jak to v pokoji vypadá, co Řehoř jedl, jak se tentokrát choval, a jestli snad není nějaké malé zlepšení. Matka chtěla ostatně poměrně brzo Řehoře navštívit, avšak otec i sestra ji odrazovali nejdříve rozumovými důvody, jež Řehoř velice pozorně vyslechl a jež plně schvaloval. Později však ji museli zdržovat násilím, i když pak volala: „Pusťte mě přece k Řehořovi, vždyť je to můj nešťastný syn. Copak nechápete, že musím k němu?", pomyslel si Řehoř, že by přece jen snad bylo dobře, kdyby k němu matka zašla, samozřejmě ne každý den, ale třeba jednou za týden; rozumí přece všemu mnohem lépe než sestra, která přes všechnu svou statečnost je přece jen ještě dítě a ujala se těžkého úkolu koneckonců snad jedině z dětinské lehkomyslnosti.

---

5. **Gewalt**(f. -. -en): I. Macht über jmdn. /etwas. *Die staatliche Gewalt.* (**moc**) II. (ohne Plural): rücksichtslos angewandte Macht. *In diesem Staat geht Gewalt vor Recht.* (**násilí**)

6. **Mut**(m. -(e)s, 0): Bereitschaft, etwas zu unternehmen, auch wenn es schwierig ist. *Er hatte nicht den Mut, den Plan auszuführen.* (**odvaha, statečnost**)

7. **kindlich**(Adj.): I. in der Art, dem Ausdruck, Aussehen eines Kindes. *Eine kindliche Figur.* (**dětský**) II. ein wenig naiv wirkend. *Kindliche Freude an etwas haben.* (**dětinský**)

Der Wunsch Gregors, die Mutter zu sehen, ging bald in Erfüllung. Während des Tages wollte Gregor schon aus Rücksicht[1] auf seine Eltern sich nicht beim Fenster zeigen, kriechen konnte er aber auf den paar Quadratmetern des Fußbodens auch nicht viel, das ruhige Liegen ertrug er schon während der Nacht schwer, das Essen machte ihm bald nicht mehr das geringste Vergnügen, und so nahm er zur Zerstreuung die Gewohnheit an, kreuz und quer über Wände und Plafond[2] zu kriechen. Besonders oben auf der Decke hing[3] er gern; es war ganz anders, als das Liegen auf dem Fußboden; man atmete freier; ein leichtes Schwingen ging durch den Körper; und in der fast glücklichen Zerstreutheit, in der sich Gregor dort oben befand, konnte es geschehen, daß er zu seiner eigenen Überraschung sich losließ und auf den Boden klatschte. Aber nun hatte er natürlich seinen Körper ganz anders in der Gewalt als früher und beschädigte[4] sich selbst bei einem so großen Falle nicht. Die Schwester nun bemerkte sofort die neue Unterhaltung, die Gregor für sich gefunden hatte – er hinterließ ja auch beim Kriechen hie und da Spuren seines Klebstoffes –, und da setzte sie es sich in den Kopf, Gregor das Kriechen in größtem Ausmaße[5] zu ermöglichen und die Möbel[6], die es verhinderten, also vor allem den Kasten und den Schreibtisch, wegzuschaffen. Nun war sie aber nicht imstande, dies allein zu tun; den Vater wagte sie nicht um Hilfe zu bitten; das Dienstmädchen hätte ihr ganz gewiß nicht geholfen, denn dieses etwa sechzehnjährige Mädchen harrte zwar tapfer[7] seit Entlassung der früheren Köchin aus, hatte aber um die Vergünstigung[8] gebeten, die Küche unaufhörlich versperrt halten zu dürfen und nur auf besonderen Anruf öffnen zu müssen; so

---

1. Rücksicht(f. -, -en): Verhalten, das die Gefühle und Interessen anderer berücksichtigt. *Rücksicht kennt er nicht.* (**ohled**)

2. Plafond(m. -s, -s): (ausgestorben) Zimmerdecke. *Der helle Plafond.* (**strop**)

3. hängen(V. i., h. gehangen): oben, an seinem oberen Teil an einer Stelle befestigt sein. *Der Mantel hing am Haken.* (**viset**)

4. beschädigen(V. h.): I. Schaden verursachen, schadhaft machen. *Das Haus wurde durch Bomben beschädigt.* (**poškodit**) II. **sich beschädigen**(**ublížit si**)

5. Ausmaß(n. -es, -e): I. räumliche Verhältnisse. *Die Ausmaße eines*

Řehořovo přání spatřit matku se brzy splnilo. Během dne se Řehoř už z ohledu k rodičům nechtěl ukazovat u okna, avšak lézt na těch několika čtverečních metrech podlahy také moc nemohl, v klidu ani v noci nevydržel, jídlo ho brzy vůbec přestalo těšit, a tak, aby se rozptýlil, zvykl si lézt křížem krážem po stěnách a po stropě. Zvláště nahoře na stropě visíval rád; to bylo něco jiného než ležet na podlaze; volněji se dýchalo; tělem probíhalo lehké chvění; a v té málem blažené roztržitosti, jež se ho tam nahoře zmocňovala, se mohlo stát, že se k vlastnímu překvapení pustil a plácl sebou na podlahu. Jenže teď už samozřejmě ovládal tělo docela jinak než dříve a ani při tak velikém pádu si neublížil. Sestra si ovšem ihned všimla nové zábavy, kterou si Řehoř vynašel – jak lezl, zanechával za sebou totiž tu a tam též stopy své lepkavé látky –, i vzala si do hlavy, že Řehořovi umožní lezení v co největším rozsahu a odstraní nábytek, který mu překáží, především prádelník a psací stůl. Jenomže to sama nedokázala; otce si netroufala žádat o pomoc; služka by jí docela jistě nepomohla, neboť toto asi šestnáctileté děvče sice od propuštění dřívější kuchařky statečně vytrvávalo, ale vyprosilo si dovolení, že se smí trvale zamykat v kuchyni a otevře dveře jen na zvláštní zavolání; nezbývalo tedy sestře nic jiného, než aby s sebou jednou v otcově nepřítomnosti vzala

---

Gebäudes. (**výměra**) II. Umfang, in dem etwas geschieht. Das Ausmaß der Katastrophe. (**rozsah**)

6. Möbel(n. -s, -): Einrichtungsgegenstand, z. B. Schrank, Tisch. *Moderne, neue Möbel kaufen.* (**kus nábytku, nábytek**)

7. tapfer(Adj.): beherrscht und ohne Furcht gegen Gefahren kämpfend. *Er hat sich tapfer gewehrt.* (**statečný**)

8. Vergüngstigung(f. -, -en): I. Vorteil, der jmd. genießt. *Die bisherigen Vergünstigungen wurden ihm entzogen.* (**výhoda, výsada**) II. um die Vergüngstigung bitten (**žádat o dovolení**)

blieb der Schwester also nichts übrig, als einmal in Abwesenheit des Vaters die Mutter zu holen. Mit Ausrufen erregter[1] Freude kam die Mutter auch heran, verstummte aber an der Tür vor Gregors Zimmer. Zuerst sah natürlich die Schwester nach, ob alles im Zimmer in Ordnung war; dann erst ließ sie die Mutter eintreten. Gregor hatte in größter Eile das Leintuch noch tiefer und mehr in Falten[2] gezogen, das Ganze sah wirklich nur wie ein zufällig über das Kanapee geworfenes Leintuch aus. Gregor unterließ[3] auch diesmal, unter dem Leintuch zu spionieren; er verzichtete[4] darauf, die Mutter schon diesmal zu sehen, und war nur froh, daß sie nun doch gekommen war. »Komm nur, man sieht ihn nicht«, sagte die Schwester, und offenbar führte sie die Mutter an der Hand. Gregor hörte nun, wie die zwei schwachen Frauen den immerhin schweren alten Kasten von seinem Platze rückten, und wie die Schwester immerfort[5] den größten Teil der Arbeit für sich beanspruchte[6], ohne auf die Warnungen der Mutter zu hören, welche fürchtete, daß sie sich überanstrengen werde. Es dauerte sehr lange. Wohl nach schon viertelstündiger Arbeit sagte die Mutter, man solle den Kasten doch lieber hier lassen, denn erstens sei er zu schwer, sie würden vor Ankunft des Vaters nicht fertig werden und mit dem Kasten in der Mitte des Zimmers Gregor jeden Weg verrammeln[7], zweitens aber sei es doch gar nicht sicher, daß Gregor mit der Entfernung der Möbel ein Gefallen geschehe. Ihr scheine das Gegenteil der Fall zu sein; ihr bedrücke der Anblick der leeren Wand geradezu das Herz; und warum solle nicht auch Gregor diese Empfindung haben, da er doch an die Zimmermöbel längst gewöhnt sei und sich deshalb im leeren Zimmer verlassen fühlen werde. » Und ist es dann nicht so«,

---

1. **erregen**(V. h.): in einem Zustand heftiger Gemütsbewegung versetzen. *Es war eine erregte Diskussion.* (**vzrušit**)

2. **Falte**(f. -, -n): I. etwas(länglich und schmal), was beim Bügeln oder Druck in einem Stoff entsteht. *Als sie aufstand, war ihr Rock voller Falten.* (**záhyb**) II. tiefe, unregelmäßig geformte Linie in der Haut des Gesichtes. (**vráska**)

3. **unterlassen**(V. unterließ, h. unterlassen): darauf verzichten, etwas zu tun, zu sagen. *Unterlaß bitte diese Bemerkungen.* (**opominout, zanechat**)

matku. Matka také přišla a samou radostí rozčileně vykřikla, ale u dveří Řehořova pokoje zmlkla. Sestra se ovšem nejdříve podívala, je-li v pokoji vše v pořádku; teprve pak pustila matku dovnitř. Řehoř v největším spěchu stáhl prostěradlo ještě níž a ještě víc je načechral, opravdu to celé vypadalo tak, jako když někdo jen tak náhodou hodí prostěradlo na pohovku. Řehoř tentokrát také nechal vykukování zpod prostěradla; vzdal se toho, že by už dnes matku uviděl, jen se radoval, že tedy přece přišla. „Jen pojď, není ho vidět," řekla sestra a zřejmě vedla matku za ruku. Řehoř teď slyšel, jak ty dvě slabé ženy postrkují starý, přece jen těžký prádelník a jak sestra pokaždé chce tu největší práci strhnout sama, nedbajíc matčina ustrašeného napomínání, aby se nenamohla. Trvalo to velmi dlouho. Když už pracovaly jistě čtvrt hodiny, řekla matka, že by se prádelník přece jen měl nechat, kde je, poněvadž za prvé je příliš těžký, nebudou hotovy, než přijde otec, a prádelník uprostřed pokoje zatarasí Řehořovi všechny cesty, za druhé není přece vůbec jisté, že se odklízením nábytku Řehořovi zavděčí. Jí se zdá, že to bude spíš naopak; pohled na holou stěnu ji prý zrovna skličuje; a kde je psáno, že i Řehoř nebude mít takový pocit, dávno si přece na nábytek v pokoji zvykl a bude si proto v prázdném pokoji připadat opuštěný. „A nebude to pak vypadat," řekla

---

4. verzichten(V. h.): etwas nicht länger beanspruchen, nicht auf einer Sache bestehen. *Er verzichtete auf das Geld, das ihm zustand.* (**zříci se, vzdát se**)

5. immerfort(Adv.): immerzu, ununterbrochen. *Er arbeitet immerfort.* (**ustavičně, pořád**)

6. beanspruchen(V. h.): I. Anspruch erheben (auf etwas). *Er will ihre Hilfe weiter beanspruchen.* (**požadovat**) II. jmds. Kräfte erfordern. *Die Arbeit beansprucht ihn ganz.* (**žádat si**)

7. verrammeln(V. h.): durch Hindernisse versperren. *Den Weg verrammeln.* (**zatarasit, zahradit**)

schloß die Mutter ganz leise, wie sie überhaupt fast flüsterte, als wolle sie vermeiden[1], daß Gregor, dessen genauen Aufenthalt[2] sie ja nicht kannte, auch nur den Klang der Stimme höre, denn daß er die Worte nicht verstand, davon war sie überzeugt, »und ist es nicht so, als ob wir durch die Entfernung der Möbel zeigten, daß wir jede Hoffnung auf Besserung aufgeben[3] und ihn rücksichtslos sich selbst überlassen? Ich glaube, es wäre das beste, wir suchen das Zimmer genau in dem Zustand zu erhalten, in dem es früher war, damit Gregor, wenn er wieder zu uns zurückkommt, alles unverändert findet und umso leichter die Zwischenzeit vergessen kann. «

Beim Anhören dieser Worte der Mutter erkannte Gregor, daß der Mangel jeder unmittelbaren menschlichen Ansprache, verbunden mit dem einförmigen Leben inmitten der Familie, im Laufe[4] dieser zwei Monate seinen Verstand hatte verwirren[5] müssen, denn anders konnte er es sich nicht erklären, daß er ernsthaft danach hatte verlangen können, daß sein Zimmer ausgeleert würde. Hatte er wirklich Lust, das warme, mit ererbten[6] Möbeln gemütlich ausgestattete Zimmer in eine Höhle[7] verwandeln zu lassen, in der er dann freilich nach allen Richtungen ungestört würde kriechen können, jedoch auch unter gleichzeitigem, schnellen, gänzlichen Vergessen seiner menschlichen Vergangenheit? War er doch jetzt schon nahe daran, zu vergessen, und nur die seit langem nicht gehörte Stimme der Mutter hatte ihn aufgerüttelt[8]. Nichts sollte entfernt werden; alles mußte bleiben; die guten Einwirkungen der Möbel auf seinen Zustand konnte er nicht entbehren; und wenn die Möbel ihn hinderten, das sinnlose Herumkriechen zu betreiben, so war es kein Schaden, sondern ein großer Vorteil.

---

1. **vermeiden**(V. ie., h. ie): einer Sache aus dem Weg gehen, es nicht dazu kommen lassen. *Er vermied es, sie anzusehen.* (**vyhnout se, zabránit**)
2. **Aufenthalt**(m. -(e)s, -e): I. das Verweilen, Bleiben an einem Ort. *Er verlängerte seinen Aufenthalt hier.* (**pobyt**) II. Ort, an dem sich jmd. aufhält. *Sein jetziger Aufenthalt ist Berlin.* (**zastávka**)
3. **aufgeben**(V. a., h. e): I. als Aufgabe übertragen. *Der Lehrer hat den Schülern ein Gedicht zu lernen aufgegeben.* (**uložit**) II. (auf etwas) verzichten, (mit etwas) aufhören. *Seine Pläne aufgeben.* (**vzdát se**)
4. **im Laufe**: während, innerhalb. *Im Laufe der Untersuchung.* (**během**)

matka nakonec docela tiše, mluvila vůbec skoro šeptem, jako by chtěla zabránit, aby Řehoř, o němž přesně nevěděla, kde je, zaslechl i jen zvuk jejího hlasu, neboť že nerozumí slovům, o tom byla přesvědčena, „a nebude to vypadat, jako bychom odklizením nábytku dávali najevo, že se vzdáváme vší naděje na zlepšení a bezohledně ho ponecháváme jemu samému? Já myslím, že by bylo nejlepší udržovat pokoj přesně v tom stavu, jak byl, aby Řehoř, až se k nám zase vrátí, nalezl všechno beze změny a tím snadněji zapomněl, co bylo předtím."

Naslouchaje těmto matčiným slovům, poznal Řehoř, že nedostatek jakéhokoliv bezprostředního dorozumění s lidmi, spojený s jednotvárným životem uprostřed rodiny, mu určitě za ty dva měsíce pomátl rozum, jinak si totiž nedovedl vysvětlit, že mohl vážně zatoužit, aby mu pokoj vyprázdnili. Copak se mu doopravdy zachtělo, aby se ten teplý pokoj, útulně zařízený nábytkem, proměnil v jakési doupě, kde by si pak ovšem nerušeně mohl všude lézt, ale také by zároveň rychle nadobro zapomněl na svou lidskou minulost? Vždyť už teď málem zapomínal a jen dávno neslyšený matčin hlas ho vzburcoval. Nic ať neodklízejí; všechno musí zůstat; nemůže být bez nábytku, příjemně působícího na jeho rozpoložení; a brání-li mu nábytek, aby nesmyslně popolézal sem a tam, pak to není vůbec ke škodě, nýbrž jedině ku prospěchu.

---

5. **verwirren**(V. h.): jmdn. in seinem klaren Denken beeinträchtigen und dadurch unsicher machen. *Seine Frage verwirrte sie.* (**poplést, zmást**)
6. **erben**(V. h.): als Erbteil erhalten. *Der Sohn hat das Haus geerbt.* (**zdědit**)
7. **Höhle**(f. -, -n): I. natürlicher, größerer unterirdischer Raum. *Der Bär schlief in seiner Höhle.* (**jeskyně**) II. Raum, der ungewöhnlich primitiv ist. *Die Armen hausten in feuchten Höhlen.* (**brloh, doupě**)
8. **aufrütteln**(V. h.): durch Rütteln bewirken, dass jmd. aufwacht. *Ich rüttelte den Schlafenden auf.* (**vyburcovat, vzburcovat**)

Aber die Schwester war leider anderer Meinung; sie hatte sich, allerdings nicht ganz unberechtigt[1], angewöhnt, bei Besprechung der Angelegenheiten Gregors als besonders Sachverständige gegenüber den Eltern aufzutreten[2], und so war auch jetzt der Rat der Mutter für die Schwester Grund genug, auf der Entfernung nicht nur des Kastens und des Schreibtisches, an die sie zuerst allein gedacht hatte, sondern auf der Entfernung sämtlicher Möbel, mit Ausnahme des unentbehrlichen Kanapees, zu bestehen. Es war natürlich nicht nur kindlicher Trotz[3] und das in der letzten Zeit so unerwartet und schwer erworbene[4] Selbstvertrauen, das sie zu dieser Forderung bestimmte; sie hatte doch auch tatsächlich beobachtet, daß Gregor viel Raum zum Kriechen brauchte, dagegen die Möbel, soweit man sehen konnte, nicht im geringsten benützte. Vielleicht aber spielte auch der schwärmerische[5] Sinn der Mädchen ihres Alters mit, der bei jeder Gelegenheit seine Befriedigung sucht, und durch den Grete jetzt sich dazu verlocken[6] ließ, die Lage Gregors noch schreckenerregender machen zu wollen, um dann noch mehr als bis jetzt für ihn leisten zu können. Denn in einen Raum, in dem Gregor ganz allein die leeren Wände beherrschte, würde wohl kein Mensch außer Grete jemals einzutreten sich getrauen[7].

Und so ließ sie sich von ihrem Entschlusse durch die Mutter nicht abbringen, die auch in diesem Zimmer vor lauter Unruhe unsicher schien, bald verstummte und der Schwester nach Kräften beim Hinausschaffen des Kastens half. Nun, den Kasten konnte Gregor im Notfall noch entbehren, aber schon der Schreibtisch mußte bleiben. Und kaum hatten die Frauen mit dem Kasten, an den sie sich ächzend drückten, das Zimmer

---

1. unberechitgt(Adj.): nicht berechtigt. *Seine Forderungen waren unberechtigt.* (**neoprávněný**)

2. auftreten(V. tritt auf, i. aufgetreten): I. den Fuß auf den Boden setzen. *Er hatte sich am Fuß verletzt und konnte nicht auftreten.* (**našlapovat**) II. sich in bestimmter Weise zeigen, in bestimmter Absicht tätig sein. *Er trat bei den Verhandlungen sehr energisch auf.* (**vystupovat**)

3. Trotz(m. -es, 0): hartnäckiger Widerstand gegen eine Autorität. *Den Trotz eines Kindes zu brechen versuchen.* (**vzdor, umíněnost**)

4. erwerben(V. a., h. o): I. durch Arbeit erlangen. *Er hat mit seinem*

Avšak sestra byla bohužel jiného názoru; zvykla si, jistě ne docela neprávem, kdykoli se jednalo o Řehořových záležitostech, vystupovat vůči rodičům jako obzvláštní znalec, a tak i teď stačily sestře matčiny rady, aby trvala nejen na odklizení prádelníku a psacího stolu, které jediné měla nejprve na mysli, nýbrž na odklizení veškerého nábytku vyjma nezbytnou pohovku. Nebyl to samozřejmě pouze dětinský vzdor a sebedůvěra, jíž poslední dobou tak nečekaně a těžce nabyla, co ji vedlo k tomuto požadavku; ona přece též skutečně pozorovala, že Řehoř potřebuje k lezení hodně prostoru, kdežto nábytku, pokud bylo vidět, nepoužíval ani trochu. Ale snad při tom působil i sklon k blouznivosti, příznačný pro dívky jejího věku a hledající ukojení při každé příležitosti, který teď Markétu zlákal, aby Řehořově situaci dodala ještě více hrůznosti a mohla pak pro něj vykonávat ještě více než doposud. Neboť do místnosti, kde jen Řehoř sám bude vládnout holým stěnám, by si kromě Markétky ovšem nikdo netroufl vstoupit.

A tak nedala ve svém rozhodnutí nic na matku, která zřejmě v tomto pokoji samým neklidem ztratila jistotu, brzy zmlkla, a co jí síly stačily, pomáhala sestře dostat prádelník ven. Bez prádelníku by se Řehoř, pravda, v nejhorším ještě obešel, ale psací stůl už musí zůstat. A sotva byly ženy s prádelníkem, do něhož se vzdychajíce opí-

---

Handel ein großes Vermögen erworben. (**nabýt, získat**) II. sich (durch Lernen) aneignen. *Er hatte sein Wissen durch Lektüre erworben.* (**nabýt**)

5. schwärmerisch(Adj.): übertrieben begeistert. *Jmdn. schwärmerisch anblicken.* (**blouznivý, nadšený**)

6. verlocken(V. h.): (auf jmdn.) einen großen Reiz ausüben, so dass er kaum widerstehen kann. *Ein verlockendes Angebot.* (**zvábit, zlákat**)

7. sich getrauen(V. h.): den Mut haben (etwas zu tun). *Ich getraue mich nicht, ihn anzureden.* (**odvážit se, troufnout si**)

verlassen, als Gregor den Kopf unter dem Kanapee hervorstieß, um zu sehen, wie er vorsichtig und möglichst rücksichtsvoll eingreifen[1] könnte. Aber zum Unglück war es gerade die Mutter, welche zuerst zurückkehrte, während Grete im Nebenzimmer den Kasten umfangen hielt und ihn allein hin und her schwang, ohne ihn natürlich von der Stelle zu bringen. Die Mutter aber war Gregors Anblick nicht gewöhnt, er hätte sie krank machen können, und so eilte Gregor erschrocken im Rückwärtslauf[2] bis an das andere Ende des Kanapees, konnte es aber nicht mehr verhindern, daß das Leintuch vorne ein wenig sich bewegte. Das genügte, um die Mutter aufmerksam zu machen. Sie stockte, stand einen Augenblick still und ging dann zu Grete zurück.

Trotzdem sich Gregor immer wieder sagte, daß ja nichts Außergewöhnliches[3] geschehe, sondern nur ein paar Möbel umgestellt[4] würden, wirkte doch, wie er sich bald eingestehen mußte, dieses Hin- und Hergehen der Frauen, ihre kleinen Zurufe, das Kratzen der Möbel auf dem Boden, wie ein großer, von allen Seiten genährter Trubel[5] auf ihn, und er mußte sich, so fest er Kopf und Beine an sich zog und den Leib bis an den Boden drückte, unweigerlich[6] sagen, daß er das Ganze nicht lange aushalten werde. Sie räumten ihm sein Zimmer aus; nahmen ihm alles, was ihm lieb war; den Kasten, in dem die Laubsäge und andere Werkzeuge lagen, hatten sie schon hinausgetragen; lockerten jetzt den schon im Boden fest eingegrabenen[7] Schreibtisch, an dem er als Handelsakademiker, als Bürgerschüler, ja sogar schon als Volksschüler seine Aufgaben geschrieben hatte, – da hatte er wirklich keine Zeit mehr, die guten Absichten zu prüfen, welche die zwei Frauen hatten,

---

1. eingreifen(V. griff ein, h. eingegriffen): sich in etwas einschalten und es am weiteren Fortgang hindern bzw. beeinflussen. *In die Diskussion eingreifen.* (**zasáhnout, zakročit**)

2. rückwärts(Adv.): nach hinten. *Rückwärts fahren.* (**zpět, nazpět**)

3. außergewöhnlich(Adj.): vom Üblichen oder Gewohnten abweichend. *Eine außergewöhnliche Begabung.* (**neobyčejný, mimořádný**)

4. umstellen(V. stellte um, h. umgestellt): I. an einen anderen Platz stellen. *Möbel umstellen.* (**přestavit**) II. (einen Betrieb) bestimmten Erfordernisen entsprechend verändern. *Sie haben die Fabrik auf die Herstellung von Kunststoffen umgestellt.* (**přebudovat**)

raly, z pokoje venku, vystrčil Řehoř hlavu zpod pohovky, aby se podíval, jak opatrně a co možná šetrně zakročit. Ale naneštěstí se právě matka vrátila první, zatímco Markétka vedle v pokoji objímala prádelník a škubala jím sem a tam, aniž jím ovšem hnula z místa. Matka však nebyla zvyklá pohledu na Řehoře, ještě by se z toho mohla rozstonat, a tak Řehoř zděšeně pozpátku utíkal až k druhému konci pohovky, ale nemohl už zabránit, aby se prostěradlo vpředu trochu nepohnulo. To stačilo, aby matka zpozorněla. Zarazila se, chvilku zůstala tiše stát a pak se vrátila k Markétce.

Ačkoli si Řehoř znovu a znovu říkal, že se přece neděje nic mimořádného, že jenom přestavují pár kusů nábytku, přece jen si brzy musel přiznat, že na něj to přecházení obou žen, jejich pokřikování, skřípání nábytku po podlaze působí jako veliká, ze všech stran sílící vřava, a i když sebevíc přitahoval hlavu a nohy k tělu a břicho tiskl k podlaze, chtě nechtě si musel říci, že to všechno dlouho nevydrží. Vyklízejí mu pokoj; seberou mu všechno, co má rád; prádelník, kde je uložena lupenková pilka a jiné nářadí, už vynesly; teď viklají psacím stolem, který se už pevně zaryl do podlahy, u něhož psával úkoly jako obchodní akademik, jako žák měšťanky, ba dokonce jako žák obecné školy – a teď už opravdu není kdy zkoumat dobré

---

5. **Trubel**(m. -s, 0): lebhaftes, lustiges Treiben. *In der Stadt herrschte großer Trubel.* (**vřava, zmatek**)

6. **unweigerlich**(Adj.): (als etwas Unangenehmes) sich folgerichtig aus etwas ergebend und deshalb unvermeidlich. *Wenn bei diesem Wetter seine Bergtour machen will, gibt es unweigerlich ein Unglück.* (**naprosto nutný, chtě nehtě**)

7. **eingraben**(V. u., h. a): durch Graben ganz oder teilweise in die Erde bringen. *Der Hund grub den Knochen ein.* (**zahrabat, zarýt**)

deren Existenz er übrigens fast vergessen hatte, denn vor Erschöpfung[1] arbeiteten sie schon stumm[2], und man hörte nur das schwere Tappen ihrer Füße.

Und so brach er denn hervor – die Frauen stützten sich gerade im Nebenzimmer an den Schreibtisch, um ein wenig zu verschnaufen[3] –, wechselte viermal die Richtung des Laufes, er wußte wirklich nicht, was er zuerst retten sollte, da sah er an der im übrigen schon leeren Wand auffallend[4] das Bild der in lauter Pelzwerk[5] gekleideten Dame hängen, kroch eilends hinauf und preßte sich an das Glas, das ihn festhielt und seinem heißen Bauch wohltat. Dieses Bild wenigstens, das Gregor jetzt ganz verdeckte[6], würde nun gewiß niemand wegnehmen. Er verdrehte den Kopf nach der Tür des Wohnzimmers, um die Frauen bei ihrer Rückkehr zu beobachten.

Sie hatten sich nicht viel Ruhe gegönnt und kamen schon wieder; Grete hatte den Arm um die Mutter gelegt und trug sie fast. »Also was nehmen wir jetzt?« sagte Grete und sah sich um. Da kreuzten sich ihre Blicke mit denen Gregors an der Wand. Wohl nur infolge der Gegenwart der Mutter behielt sie ihre Fassung, beugte ihr Gesicht zur Mutter, um diese vom Herumschauen abzuhalten[7], und sagte, allerdings zitternd und unüberlegt: »Komm, wollen wir nicht lieber auf einen Augenblick noch ins Wohnzimmer zurückgehen? « Die Absicht Gretes war für Gregor klar, sie wollte die Mutter in Sicherheit[8] bringen und dann ihn von der Wand hinunterjagen. Nun, sie konnte es ja immerhin versuchen! Er saß auf seinem Bild und gab es nicht her. Lieber würde er Grete ins Gesicht springen.

---

1. **Erschöpfung**(f. -, -en): durch größere Anstrengung hervorgrufener Zustand der Kraftlosigkeit. *Sie arbeiteten bis zur völligen Erschöpfung.* (**vyčerpání**)
2. **stumm**(Adj.): nicht fähig, Laute hervorzubringen, zu sprechen. *Er ist vom Geburt stumm.* (**němý, mlčky**)
3. **verschnaufen**(V. h.): eine Pause machen, um wieder zu Atem kommen. *Oben auf dem Berg verschnaufte er ein wenig.* (**oddechnout si**)
4. **auffallen**(V. ie., i, a): durch besondere Art bemerkt werden, Aufmerksamkeit erregen. *Er fiel wegen seiner Größe auf.* (**být nápadný**)
5. **Pelzwerk**(n. -s, 0): Besatz, Verzierung aus Pelz. *Die Frau im Pelzwerk.* (**kožešina, kožešiny**)

úmysly obou žen, na jejich existenci ostatně skoro zapomněl, neboť byly už tak znavené, že pracovaly mlčky, a slyšet bylo jen těžký dusot jejich nohou.

I vyrazil ven – ženy se vedle v pokoji zrovna opíraly o psací stůl, aby si trochu odpočinuly –, čtyřikrát v běhu změnil směr, opravdu nevěděl, co zachraňovat dřív, vtom uviděl, že na zdi, jinak už docela holé, nápadně visí obraz dámy oblečené v samou kožešinu, honem vylezl nahoru a přimáčkl se na sklo, které ho udrželo a blahodárně působilo na jeho rozpálené břicho. Aspoň tento obraz, který teď Řehoř celý zakrýval, už jistě nikdo nevezme. Stočil hlavu ke dveřím obývacího pokoje, aby viděl ženy, až se budou vracet.

Nedopřály si dlouhého odpočinku a už zase přicházely; Markétka paží podpírala matku a skoro ji nesla. „Tak co vezmeme teď?" řekla Markétka a rozhlédla se. Tu se její pohled setkal s pohledem Řehoře visícího na stěně. Asi jen kvůli matčině přítomnosti zachovala klid, sklonila k matce tvář, aby jí zakryla rozhled, a řekla, ovšem rozechvěle a bez rozmýšlení: „Pojď, vrátíme se raději ještě na chvíli do obývacího pokoje, nemyslíš?" Řehořovi bylo jasné, co Markétka zamýšlí, chce odvést matku do bezpečí a jeho pak zahnat ze stěny dolů. Ale jen ať si to zkusí! Řehoř sedí na svém obraze a nevydá ho. Raději skočí Markétce do obličeje.

---

6. verdecken(V. h.): sich vor etwas befinden und dadurch verhindern, dass man es sieht. *Die Bäume verdeckten das Haus.* (**zakrýt, zastřít**)

7. abhalten(V. ie., h. a): I. nicht durchdringen, herankommen lassen. *Die Wände halten den Lärm ab.* (**zadržovat**) II. **abhalten von etwas:** jmdn. daran hindern, etwas zu tun. *Er hielt ihn von der Arbeit ab.* (**zdržovat koho od čeho**)

8. Sicherheit(f. -, -en): (ohne Plural) das Sichersein vor Gefahr oder Schaden. *Die Polizei sorgte für die Sicherheit der Besucher.* (**jistota, bezpečí**)

Aber Gretes Worte hatten die Mutter erst recht beunruhigt, sie trat zur Seite, erblickte den riesigen braunen Fleck auf der geblümten Tapete, rief, ehe ihr eigentlich zum Bewußtsein kam, daß das Gregor war, was sie sah, mit schreiender, rauher[1] Stimme: »Ach Gott, ach Gott!« und fiel mit ausgebreiteten Armen, als gebe sie alles auf, über das Kanapee hin und rührte sich nicht. »Du, Gregor!« rief die Schwester mit erhobener Faust und eindringlichen[2] Blicken. Es waren seit der Verwandlung die ersten Worte, die sie unmittelbar an ihn gerichtet hatte. Sie lief ins Nebenzimmer, um irgendeine Essenz zu holen, mit der sie die Mutter aus ihrer Ohnmacht[3] wecken könnte; Gregor wollte auch helfen – zur Rettung des Bildes war noch Zeit-; er klebte aber fest an dem Glas und mußte sich mit Gewalt losreißen; er lief dann auch ins Nebenzimmer, als könne er der Schwester irgendeinen Rat geben, wie in früherer Zeit; mußte dann aber untätig[4] hinter ihr stehen, während sie in verschiedenen Fläschchen kramte[5]; erschreckte sie noch, als sie sich umdrehte; eine Flasche fiel auf den Boden und zerbrach; ein Splitter verletzte Gregor im Gesicht, irgendeine ätzende Medizin umfloß[6] ihn; Grete nahm nun, ohne sich länger aufzuhalten, soviel Fläschchen, als sie nur halten konnte, und rannte[7] mit ihnen zur Mutter hinein; die Tür schlug sie mit dem Fuße zu. Gregor war nun von der Mutter abgeschlossen, die durch seine Schuld vielleicht dem Tode nahe war; die Tür durfte er nicht öffnen, wollte er die Schwester, die bei der Mutter bleiben mußte, nicht verjagen[8]; er hatte jetzt nichts zu tun, als zu warten; und von Selbstvorwürfen und Besorgnis bedrängt, begann er zu kriechen, überkroch alles, Wände, Möbel und Zimmerdecke und fiel endlich in seiner Verzweiflung, als sich

---

1. **rauh**(Adj.): I. auf Oberfläche kleine Unebenheiten aufweisend. *Eine rauhe Oberfläche.* (**drsný**) II. im Umgang mit anderen Feingefühl vermissen lassen. *Hier herrscht ein rauher Ton.* (**drsný, chraplavý**)
2. **eindringlich**(Adj.): durch Überzeugungskraft nachhaltig wirkend. *Mit eindringlichen Worten sprach er auf sie.* (**naléhavý**)
3. **Ohnmacht**(f. -, -en): I. vorübergehende Bewußtlosigkeit. *Eine tiefe Ohmacht.* (**mdloba**) II. (ohne Plural): Unfähigkeit zu handeln. *Ein Gefühl menschlicher Ohnmacht.* (**bezmoc**)
4. **untätig**(Adj.): ohne zu handeln. *Er saß untätig im Sessel.* (**nečinný**)

Ale Markétčina slova matku teprve zneklidnila, poodstoupila, uviděla na květované tapetě obrovskou hnědou skvrnu, a ještě než si vlastně stačila uvědomit, že to, co vidí, je Řehoř, zaječela chraptivě: „Ach bože, ach bože!" a s roztaženýma rukama, jako by se vzdávala vší naděje, skácela se na pohovku a zůstala bez hnutí. „Poslyš, Řehoři!" zvolala sestra s napřaženou pěstí a pronikavě se na něj podívala. Bylo to poprvé od proměny, co na něj přímo promluvila. Běžela vedle do pokoje pro nějakou esenci, aby matku vzkřísila z mdloby; Řehoř chtěl také pomoci – na záchranu obrazu byl ještě čas –; přilepil se však pevně ke sklu a jen násilím se odtrhl; běžel pak též do vedlejšího pokoje, jako by mohl sestře s něčím poradit jako za starých časů; přehrabávala se ve všelijakých lahvičkách a ještě se ulekla, když se otočila; nějaká láhev spadla na zem a rozbila se; jeden střep poranil Řehoře na obličeji, jakási špinavá medicína ho zalila; Markétka se už nechtěla dále zdržovat, vzala několik lahviček, co jich jen mohla pobrat, a utíkala s nimi za matkou; nohou přirazila dveře. Řehoř byl teď odříznut od matky, která je snad jeho vinou na pokraji smrti; dveře otevřít nesměl, nechtěl-li zahnat sestru, která musí u matky zůstat; nezbývalo mu než čekat; a sklíčen výčitkami a obavami, jal se lézt, zlezl všechno, stěny, nábytek i strop a posléze v zoufalství, když se s ním

---

5. **kramen**(V. h.): zwischen Gegenständen herumwühlen und nach etwas suchen. *In den Schubladen nach Bildern kramen.* (**přehrabovat se**)

6. **umfließen**(V. umfloss, h. umflossen): um etwas herumfließen. *Das Kleid umfloss ihre Gestalt.* (**obtékat**)

7. **rennen**(V. rannte, i. gerannt): sehr schnell laufen. *Er rannte, um die Bahn noch zu erreichen.* (**uhánět, utíkat**)

8. **verjagen**(V. h.): jmdn. dazu bringen, einen Ort eiligst zu verlassen. *Sie wurden vom Haus und Hof verjagt.* (**zahnat, vypudit**)

das ganze Zimmer schon um ihn zu drehen anfing, mitten auf den großen Tisch.

Es verging eine kleine Weile, Gregor lag matt da, ringsherum war es still, vielleicht war das ein gutes Zeichen[1]. Da läutete es. Das Mädchen war natürlich in ihrer Küche eingesperrt und Grete mußte daher öffnen gehen. Der Vater war gekommen. »Was ist geschehen?« waren seine ersten Worte; Gretes Aussehen hatte ihm wohl alles verraten[2]. Grete antwortete mit dumpfer Stimme, offenbar drückte sie ihr Gesicht an des Vaters Brust: »Die Mutter war ohnmächtig, aber es geht ihr schon besser. Gregor ist ausgebrochen[3]. « »Ich habe es ja erwartet«, sagte der Vater, »ich habe es euch ja immer gesagt, aber ihr Frauen wollt nicht hören. « Gregor war es klar, daß der Vater Gretes allzukurze Mitteilung schlecht gedeutet hatte und annahm, daß Gregor sich irgendeine Gewalttat habe zuschulden kommen lassen. Deshalb mußte Gregor den Vater jetzt zu besänftigen[4] suchen, denn ihn aufzuklären hatte er weder[5] Zeit noch Möglichkeit. Und so flüchtete er sich zur Tür seines Zimmers und drückte sich an sie, damit der Vater beim Eintritt vom Vorzimmer her gleich sehen könne, daß Gregor die beste Absicht habe, sofort in sein Zimmer zurückzukehren, und daß es nicht nötig sei, ihn zurückzutreiben, sondern daß man nur die Tür zu öffnen brauche, und gleich werde er verschwinden.

Aber der Vater war nicht in der Stimmung, solche Feinheiten zu bemerken[6]; »Ah!« rief er gleich beim Eintritt in einem Tone, als sei er gleichzeitig wütend[7] und froh. Gregor zog den Kopf von der Tür zurück und hob ihn gegen den Vater. So hatte er sich den Vater wirklich nicht vorgestellt, wie er jetzt da-

---

1. **Zeichen**(n. -s, -): I. etwas, was als Hinweis dient. *Jmdm. ein Zeichen geben.* (**znamení**) II. ein Symptom. *Das ist ein Zeichen dafür, dass er ein schlechtes Gewissen hat.* (**příznak**)
2. **verraten**(V. ie., h. a): etwas, was geheim bleiben sollte, weitersagen, durch Handlung etwas ungewollt mitteilen. *Mit diesem Wort hat er es verraten.* (**prozradit**)
3. **ausbrechen**(V. a., h. o): I. durch Brechen entfernen. *Er hat einen Stein aus einer Mauer ausgebrochen.* (**vylomit**) II. ausbrechen(V. a., i. o): aus einem Gefängnis entkommen. *Drei Gefangene sind ausgebrochen.* (**uprchnout, utéci**)

celý pokoj začal točit, sletěl doprostřed velkého stolu.

Uplynula chvilka, Řehoř ochable ležel, všude kolem bylo ticho, snad to bylo dobré znamení. Vtom se ozval zvonek. Děvče bylo samosebou zamčeno v kuchyni, a tak musela jít otevřít Markétka. Byl to otec. „Co se stalo?" byla jeho první slova; z Markétčiny tváře asi všechno uhodl. Markétka mu odpovídala přidušeným hlasem, zřejmě tiskla tvář na jeho hruď: „Maminka omdlela, ale už je jí líp. Řehoř utekl." „Já jsem to přece čekal," řekl otec, „já jsem vám to přece vždycky říkal, ale vy ženy jako byste byly hluché." Řehořovi bylo jasné, že si otec špatně vyložil Markétčinu příliš stručnou zprávu a má za to, že se Řehoř dopustil nějaké násilnosti. Proto se teď Řehoř bude muset snažit, aby otce uchlácholil, neboť na vysvětlování není kdy, ani to není možné. I uchýlil se ke dveřím do svého pokoje a přimáčkl se na ně, aby otec, hned jak vejde do předsíně, viděl, že Řehoř má nejlepší úmysl vrátit se k sobě do pokoje a že ho tedy není potřebí zahánět, nýbrž stačí otevřít dveře a hned zmizí.

Ale otec neměl náladu na takové jemnosti: „Á!" zvolal, hned jak vešel, a v jeho hlase jako by zněla zároveň zuřivost i radost. Řehoř odvrátil hlavu ode dveří a zvedl ji k otci. Takhle si opravdu otce nepředstavoval, jak tu teď stál; poslední

---

4. besänftigen(V. h.): beruhigen. *Er versuchte ihn zu besänftigen.* (**uklidnit, ukonejšit**)

5. weder(nur in Verbindung) weder…noch(Konj.): nicht das eine und auch nicht das andere, nicht so und auch nicht anders. *Dafür habe ich weder Zeit noch Geld.* (**ani…ani**)

6. bemerken(V. h.): aufmerksam werden, etwas durch Gefühl, Wahrnehmung der Sinne erkennen. *Er bemerkte die Fehler.* (**zpozorovat**)

7. wütend(Adj.): von Wut erfüllt, voller Wut. *Er kam wütend ins Zimmer.* (**zuřivý, vzteklý**)

stand; allerdings hatte er in der letzten Zeit über dem neuarti-
gen Herumkriechen versäumt, sich so wie früher um die
Vorgänge in der übrigen Wohnung zu kümmern[1], und hätte
eigentlich darauf gefaßt sein müssen, veränderte Verhältnisse
anzutreffen. Trotzdem, trotzdem, war das noch der Vater? Der
gleiche[2] Mann, der müde im Bett vergraben lag, wenn früher
Gregor zu einer Geschäftsreise ausgerückt[3] war; der ihn an
Abenden der Heimkehr im Schlafrock im Lehnstuhl empfangen
hatte; gar nicht recht imstande war, aufzustehen, sondern zum
Zeichen der Freude nur die Arme gehoben hatte, und der bei
den seltenen gemeinsamen Spaziergängen an ein paar
Sonntagen im Jahr und an den höchsten Feiertagen zwischen
Gregor und der Mutter, die schon an und für sich langsam gingen, immer noch ein wenig langsamer, in seinen alten Mantel
eingepackt[4], mit stets vorsichtig aufgesetztem Krückstock[5] sich
vorwärts arbeitete und, wenn er etwas sagen wollte, fast immer
stillstand und seine Begleitung um sich versammelte? Nun aber
war er recht gut aufgerichtet; in eine straffe blaue Uniform mit
Goldknöpfen gekleidet, wie sie Diener der Bankinstitute tragen; über dem hohen steifen Kragen des Rockes[6] entwickelte
sich sein starkes Doppelkinn; unter den buschigen
Augenbrauen drang der Blick der schwarzen Augen frisch und
aufmerksam hervor; das sonst zerzauste weiße Haar war zu einer peinlich genauen, leuchtenden Scheitelfrisur nieder-
gekämmt. Er warf seine Mütze, auf der ein Goldmonogramm,
wahrscheinlich das einer Bank, angebracht war, über das ganze
Zimmer im Bogen auf das Kanapee hin und ging, die Enden
seines langen Uniformrockes zurückgeschlagen, die Hände in

---

1. sich kümmern(V. h.): sich um jmdn. /etwas sorgen. *Ich kümmerte mich
um den Kranken.* (**starat se**)
2. gleich(Adj.): I. in seinen Merkmalen völlig übereinstimmend. *Die gleiche Farbe.* (**tentýž**) II. mit einem Vergleichsobjekt in bestimmtemn
Merkmalen übereinstimmend oder vergleichbar. *Die beiden Schwestern
haben die gleiche Figur.* (**stejný**)
3. ausrücken(V. i.)(ung.): davonlaufen. *Das Kind ist von zu Hause ausgerückt.* (**vyrazit, vypravit se**)

dobou se ovšem pro ty novoty s lezením zapomínal jako dříve starat, co se jinak děje v bytě, a měl být vlastně připraven, že se setká se změněnými poměry. Ale přes to, přes to všechno, je tohle ještě otec? Tentýž muž, který unaveně lehával zahrabán v posteli, když se dříve Řehoř vypravoval na obchodní cestu; který ho večer při návratu domů vítal v županu v lenošce; ani nebýval schopen vstát, nýbrž na znamení radosti jen zdvihl ruce, a když si tu a tam, párkrát za rok v neděli nebo o hlavních svátcích vyšli společně na procházku, belhal se mezi Řehořem a matkou, kteří už beztak šli pomalu, vždycky ještě o něco pomaleji, zachumlán do svého starého pláště, s berlou, již pokaždé opatrně kladl na zem, a kdykoli chtěl něco říci, skoro vždy se postavil a shromáždil kolem sebe svůj doprovod. Teď se ale drží pěkně rovně; na sobě přiléhavý módní stejnokroj se zlatými knoflíky, jaký nosívají sluhové bankovních ústavů; nad vysokým tuhým límcem kabátu se rozkládá mocná dvojitá brada; zpod huňatého obočí proniká svěží a pozorný pohled černých očí; jindy rozcuchané bílé vlasy jsou úzkostlivě sčesány kolem přesné, svítivé pěšinky. Čepici se zlatým monogramem, který patrně označoval banku, hodil obloukem přes celý pokoj na pohovku a s rozhrnutými šosy dlouhého pláště od stejnokroje, s rukama v kapsách kalhot, se zavilou tváří vykročil k Řehořovi.

---

4. einpacken(V. h.): I. sein Transport in ein dafür vorgesehenen Behältnis legen. *Ich habe schon alles eingepackt.* (**sbalit, zabalit**) II. mit einer Hülle umwickeln. *Geschenke einpacken.* (**zabalit**)

5. Krückstock(m. -es, ö-e): Stock für einen beim gehen behinderten Menschen. *Er ging eine Zeit lang an Krückstöcken.* (**berla**)

6. Rock(m. -(e)s, ö-e): I. Kleiderstück für Frauen und Mädchen, das von der Hüfte abwärts reicht. *Ein Kleid mit langem Rock.* (**sukně**) II. Oberkleidungsstück für Männer, Jacke. *Er zog seinen Rock wegen der Hitze aus.* (**sako, kabát**)

den Hosentaschen, mit verbissenem Gesicht auf Gregor zu. Er wußte wohl selbst nicht, was er vor hatte; immerhin hob er die Füße ungewöhnlich hoch, und Gregor staunte über die Riesengröße seiner Stiefelsohlen[1]. Doch hielt[2] er sich dabei nicht auf, er wußte ja noch vom ersten Tage seines neuen Lebens her, daß der Vater ihm gegenüber nur die größte Strenge[3] für angebracht ansah. Und so lief er vor dem Vater her, stockte, wenn der Vater stehen blieb, und eilte schon wieder vorwärts, wenn sich der Vater nur rührte. So machten sie mehrmals die Runde[4] um das Zimmer, ohne daß sich etwas Entscheidendes ereignete, ja ohne daß das Ganze infolge seines langsamen Tempos den Anschein[5] einer Verfolgung gehabt hätte. Deshalb blieb auch Gregor vorläufig auf dem Fußboden, zumal er fürchtete, der Vater könnte eine Flucht auf die Wände oder den Plafond für besondere Bosheit[6] halten. Allerdings mußte sich Gregor sagen, daß er sogar dieses Laufen nicht lange aushalten würde, denn während der Vater einen Schritt machte, mußte er eine Unzahl von Bewegungen ausführen. Atemnot begann sich schon bemerkbar zu machen, wie er ja auch in seiner früheren Zeit keine ganz vertrauenswürdige Lunge besessen hatte. Als er nun so dahintorkelte, um alle Kräfte für den Lauf zu sammeln, kaum die Augen offenhielt; in seiner Stumpfheit an eine andere Rettung als durch Laufen gar nicht dachte; und fast schon vergessen hatte, daß ihm die Wände freistanden, die hier allerdings mit sorgfältig geschnitzten Möbeln voll Zacken und Spitzen verstellt waren – da flog knapp neben ihm, leicht geschleudert, irgendetwas nieder und rollte vor ihm her. Es war ein Apfel; gleich flog ihm ein zweiter nach; Gregor blieb vor Schrecken ste-

---

1. Stiefel(m. -s, -): I. Schuh, der über die Knöchel reicht. *Wenn du in den Wald gehst, ziehe deine Stiefel an.* (**holínka**) II. Schuh mit hohem Schaft, der bis zu den Knien reicht. *Er watete in hohen Stiefeln durchs Wasser.* (**vysoká bota**)

2. aufhalten(V. ie., h. a): für eine Weile daran hindern, seinen Weg fortzusetzen. *Einen Fliehenden aufhalten.* (**zastavit**) II. sich aufhalten: sich mit jmdm. /etwas sehr ausführlich befassen, so dass Zeit für anderes verloren geht. *Er hat sich bei diesen Fragen zu lange aufgehalten.* (**zdržet se**)

3. Strenge(f. -, 0): das Strengsein, Härte. *Mit Strenge herrschen.* (**přísnost**)

Sám asi nevěděl, co hodlá podniknout; přesto ale neobyčejně vysoko zvedal nohy a Řehoř žasl, jak obrovské má podrážky. Nezdržoval se tím však, vždyť od prvního dne svého nového života věděl, že otec považuje za vhodné chovat se k němu jen s největší přísností. A tak před otcem prchal, zarazil se, když otec zůstal stát, opět vyrazil, jak se jen otec hnul. Tak oběhli párkrát pokoj, aniž došlo k něčemu rozhodujícímu, ba celá věc, vzhledem k pomalému tempu, nevypadala ani jako pronásledování. Proto též Řehoř zatím setrvával na zemi, bál se ke všemu, že kdyby utekl na stěny nebo na strop, bral by to otec třeba jako obzvláštní zlomyslnost. Řehoř si ovšem musel přiznat, že dokonce ani tento běh dlouho nevydrží; neboť zatímco otec udělal jeden krok, musel on provést nespočet pohybů. Začínal už ztrácet dech, vždyť ani v dřívějších dobách nemíval zvlášť spolehlivé plíce. Jak tak vrávoral kupředu, sbíraje všechny síly k běhu, s očima sotva pootevřenýma, otupělý tak, že ho nenapadlo zachránit se jinak než během a pomalu už zapomínal, že tu jsou ještě stěny, které ovšem byly zastaveny pečlivě vyřezávaným nábytkem se spoustou vroubků a hrotů – tu cosi lehce hrozného sletělo těsně vedle něho a kutálelo se před ním. Bylo to jablko; hned za ním sletělo druhé; Řehoř se leknutím zastavil; bylo zbytečné utíkat dál, neboť otec se rozhodl, že ho bude bom-

---

4. Runde(f. -, -n): I. (ohne Plural) kleiner Kreis von Personen. *Wir nehmen ihn in unsere Runde.* (**kroužek**) II. Durchgang auf einem Rundkurs, einer zum Ausgangspunkt zurückführenden Strecke. *Nach 10 Runden hatte er einen Vorsprung.* (**okruh, kolo**)

5. Anschein(m. -(e)s, 0): Art und Weise, wie etwas aussieht, zu sein scheint. *Mit einem Anschein von Ernst.* (**zdání**)

6. Bosheit(f. -, -en): (ohne Plural) böse Absicht. *Er tat es aus reiner Bosheit.* (**zlomyslnost**)

hen; ein Weiterlaufen war nutzlos, denn der Vater hatte sich entschlossen, ihn zu bombardieren. Aus der Obstschale auf der Kredenz hatte er sich die Taschen[1] gefüllt und warf nun, ohne vorläufig scharf zu zielen, Apfel für Apfel. Diese kleinen roten Apfel rollten wie elektrisiert auf dem Boden herum und stießen aneinander. Ein schwach geworfener Apfel streifte[2] Gregors Rücken, glitt aber unschädlich ab. Ein ihm sofort nachfliegender drang dagegen förmlich in Gregors Rücken ein; Gregor wollte sich weiterschleppen, als könne der überraschende unglaubliche Schmerz mit dem Ortswechsel vergehen[3]; doch fühlte er sich wie festgenagelt und streckte sich in vollständiger Verwirrung aller Sinne. Nur mit dem letzten Blick sah er noch, wie die Tür seines Zimmers aufgerissen wurde, und vor der schreienden Schwester die Mutter hervoreilte, im Hemd, denn die Schwester hatte sie entkleidet, um ihr in der Ohnmacht ,Atemfreiheit zu verschaffen[4], wie dann die Mutter auf den Vater zulief und ihr auf dem Weg die aufgebundenen Röcke einer nach dem anderen zu Boden glitten, und wie sie stolpernd über die Röcke auf den Vater eindrang und ihn umarmend[5], in gänzlicher Vereinigung mit ihm – nun versagte aber Gregors Sehkraft[6] schon – die Hände an des Vaters Hinterkopf um Schonung[7] von Gregors Leben bat.

---

1. **Tasche**(f. -, -n): I. aufgenähtes Teil in einem Kleidungsstück. *Er steckt den Ausweis in die Tasche.* (**kapsa**) II. Behälter aus Leder, Stoff, der zum Unterbringen von Dingen bestimmt ist. *Hilfst du mir die Tasche tragen?*(**taška, kabelka**)
2. **streifen**(V. h.): im Verlauf einen Bewegung etwas leicht berühren. *Er hat mit seinem Auto den Raum bestreift.* (**letmo se dotknout, zavadit**)
3. **vergehen**(V. verging, i. vergangen): I. in Bezug auf die Zeit vorübergehen. *Der Urlaub ist schnell vergangen.* (**uplynout**) II. von einer Empfindung langsam schwinden und aufhören zu bestehen. *Die Schmerzen vergingen.* (**zmizet, přestat**)

bardovat. Z misky na kredenci naplnil kapsy a házel teď po něm, zatím bez přesného míření, jedno jablko za druhým. Ta malá červená jablíčka se koulela jak elektrizovaná po podlaze a narážela do sebe. Jedno slabě vržené jablko zavadilo o Řehořův hřbet, sklouzlo však a neublížilo mu. Zato další, které přiletělo hned za ním, se mu přímo zarylo do hřbetu; Řehoř chtěl popolézt dál, jako by ta překvapující, neuvěřitelná bolest mohla přejít, změní-li místo; ale připadal si jako přibitý a v naprostém zmatení všech smyslů zůstal ležet jak široký tak dlouhý. V posledním okamžiku jen ještě zahlédl, jak se dveře jeho pokoje prudce otevřely a jak odtud s křičící sestrou v patách vybíhá matka, jen v košili, neboť sestra ji odstrojila, aby se jí v mdlobě volněji dýchalo, jak potom matka běží k otci a cestou z ní na zem padá jedna uvolněná sukně za druhou, jak se vrhá k otci, klopýtajíc přes ty sukně, objímá ho, těsně se k němu přimykajíc – teď už však Řehořovi selhal zrak – a spínajíc mu ruce za hlavou prosí jej, aby ušetřil Řehořův život.

---

4. verschaffen(V. h.): dafür sorgen, dass jmd. etwas bekommt. *Er hat uns geheime Informationen verschafft.* (**opatřit, zjednat**)

5. umarmen(V. h.): die Arme um jmdn. legen. *Die Mutter umarmte ihr Kind.* (**obejmout**)

6. Sehkraft(f. -, 0): Fähigkeit des Auges zu sehen. *Seine Sehkraft versagt.* (**zrak, zraková schopnost**)

7. Schonung(f. -, -en): das Schonen, Sorgfalt. *Die Schonung deiner Gesundheit geht vor.* (**šetření, slitování**)

Die schwere Verwundung Gregors, an der er über einen Monat litt – der Apfel blieb, da ihn niemand zu entfernen wagte, als sichtbares Andenken im Fleische sitzen –, schien selbst den Vater daran erinnert zu haben, daß Gregor trotz seiner gegenwärtigen traurigen und ekelhaften Gestalt ein Familienmitglied[1] war, das man nicht wie einen Feind behandeln durfte, sondern dem gegenüber es das Gebot[2] der Familienpflicht war, den Widerwillen[3] hinunterzuschlucken und zu dulden[4], nichts als zu dulden.

Und wenn nun auch Gregor durch seine Wunde an Beweglichkeit wahrscheinlich für immer verloren hatte und vorläufig zur Durchquerung seines Zimmers wie ein alter Invalide lange, lange Minuten brauchte – an das Kriechen in der Höhe war nicht zu denken –, so bekam er für diese Verschlimmerung seines Zustandes einen seiner Meinung nach vollständig genügenden Ersatz dadurch, daß immer gegen Abend die Wohnzimmertür, die er schon ein bis zwei Stunden vorher scharf zu beobachten pflegte, geöffnet wurde, so daß er, im Dunkel seines Zimmers liegend, vom Wohnzimmer aus unsichtbar[5], die ganze Familie beim beleuchteten Tische sehen und ihre Reden, gewissermaßen[6] mit allgemeiner Erlaubnis[7], also ganz anders als früher, anhören durfte.

Freilich waren es nicht mehr die lebhaften[8] Unterhaltungen der früheren Zeiten, an die Gregor in den kleinen Hotelzimmern stets[9] mit einigem Verlangen gedacht hatte, wenn er sich müde in das feuchte Bettzeug hatte werfen müssen. Es ging jetzt meist

---

1. Mitglied(n. -(e)s, -er): Angehöriger einer Gemeischaft. *Aktives Mitglied sein.* (**člen**)

2. Gebot(n. -(e)s, -e): von einer höheren Instanz ausgehende Willenkundgebung, die den Charakter einer Anordnung hat. *Ein Gebot befolgen.* (**příkaz**)

3. Widerwillen(m. -s, 0): heftige Abneigung. *Er hat einen Widerwillen gegen fettes Fleisch.* (**nevole, nechuť, odpor**)

4. dulden(V. h.): Schweres über sich ergehen lassen, mit Gelassenheit ertragen. *Standhaft dulden.* (**trpět, snášet**)

III

Těžké zranění, s nímž Řehoř stonal víc než měsíc – jablko, které si nikdo netroufal vyndat, zůstalo v těle jako viditelná upomínka –, patrně i otci připomnělo, že přes svou nynější smutnou a odpornou podobu je Řehoř členem rodiny, že se s ním nesmí jednat jako s nepřítelem, nýbrž že rodinná povinnost přikazuje spolknout odpor a být trpělivý, nic než trpělivý.

A třebaže Řehoř svým zraněním navždy utrpěl újmu na pohyblivosti a prozatím mu jako nějakému starému invalidovi trvalo celé dlouhé minuty, než přešel pokoj – na lezení ve výškách nebylo ani pomyšlení –, dostalo se mu za toto zhoršení stavu náhrady, která se mu zdála zcela dostatečná, v tom, že vždy k večeru se otevřely dveře do obývacího pokoje, z nichž obyčejně už hodinu či dvě předtím nespouštěl oči, a on se pak, leže potmě ve svém pokoji a z obývacího pokoje neviditelný, směl dívat na celou rodinu u osvětleného stolu a poslouchat jaksi s všeobecným souhlasem, tedy docela jinak než dříve, co si povídají.

Nebyla to už ovšem ta živá zábava jako za dřívějších dob, na niž Řehoř vždy trochu toužebně myslíval v hotelových pokojích, když unaven musel ulehnout do vlhkých peřin. Teď to většinou probíhalo jen velmi tiše. Otec brzy po večeři usí-

---

5. unsichtbar(Adj.): nicht sichtbar. *Unsichtbare Strahlen.* (**neviditelný**)

6. gewissermaßen(Adj.): in gewissem Sinnen, Grade. *Er war gewissermaßen nur Helfer.* (**jaksi**)

7. Erlaubnis(f. -, -): das Erlauben, Zustimmen. *Jmdm. die Erlaubnis zu etwas geben.* (**dovolení, povolení**)

8. lebhaft(Adj.): viel Lebendigkeit, Vitalität erkennen lassend. *Eine lebhafte Diskussion.* (**živý**)

9. stets(Adv.): in immer gleichbleibender Weise, jedesmal. *Er hat mir stets geholfen, wenn ich es gebraucht habe.* (**neustále, stále**)

nur sehr still zu. Der Vater schlief bald nach dem Nachtessen in seinem Sessel ein; die Mutter und Schwester ermahnten einander zur Stille[1]; die Mutter nähte, weit unter das Licht vorgebeugt, feine Wäsche für ein Modengeschäft; die Schwester, die eine Stellung als Verkäuferin angenommen hatte, lernte am Abend Stenographie und Französisch, um vielleicht später einmal einen besseren Posten zu erreichen. Manchmal wachte der Vater auf, und als wisse er gar nicht, daß er geschlafen habe, sagte er zur Mutter: » Wie lange du heute schon wieder nähst! « und schlief sofort wieder ein, während Mutter und Schwester einander müde zulächelten[2].

Mit einer Art Eigensinn[3] weigerte[4] sich der Vater auch, zu Hause seine Dieneruniform abzulegen; und während der Schlafrock nutzlos am Kleiderhaken hing, schlummerte der Vater vollständig angezogen auf seinem Platz, als sei er immer zu seinem Dienste bereit und warte auch hier auf die Stimme des Vorgesetzten. Infolgedessen[5] verlor die gleich anfangs nicht neue Uniform trotz aller Sorgfalt von Mutter und Schwester an Reinlichkeit, und Gregor sah oft ganze Abende lang auf dieses über und über fleckige, mit seinen stets geputzten Goldknöpfen leuchtende Kleid, in dem der alte Mann höchst unbequem und doch ruhig schlief.

Sobald[6] die Uhr zehn schlug, suchte die Mutter durch leise Zusprache den Vater zu wecken und dann zu überreden, ins Bett zu gehen, denn hier war es doch kein richtiger Schlaf und diesen hatte der Vater, der um sechs Uhr seinen Dienst antreten mußte, äußerst nötig. Aber in dem Eigensinn, der ihn, seitdem er Diener[7] war, ergriffen hatte, bestand er immer darauf, noch länger bei Tisch zu bleiben, trotzdem er regelmäßig einschlief, und war dann

---

1. Stille(f. -, 0): Zustand, bei dem kaum ein Laut zuhören ist, Ruhe. *Die Stille der Nacht.* (**ticho, klid**)

2. lächeln(V. h.): durch eine dem Lächeln ähnliche Mimik Freude erkennen lassen. *Er lächelte kühl.* (**usmívat se**)

3. Eigensinn(m. -s, 0): als starrsinnig empfundenes beharrliches Festhalten an seiner Meinung. *Sein Eigensinn ärgerte die anderen.* (**umíněnost**)

nal v křesle; matka a sestra napomínaly jedna druhou, aby byla zticha; matka, naklánějíc se hluboko ke světlu, šila jemné prádlo pro nějaký módní závod; sestra, která přijala zaměstnání prodavačky, se po večerech učila těsnopisu a francouzštině, aby snad jednou později dostala lepší místo. Někdy se otec probudil, a jako by vůbec nevěděl, že spal, řekl matce: „Jak to zas dnes dlouho šiješ?" a hned zase usnul, zatímco sestra a matka se na sebe znaveně usmály.

Otec s jakousi umíněností nechtěl ani doma odkládat stejnokroj sluhy; zatímco župan nadarmo visel na věšáku, podřimoval otec na svém místě úplně oblečen, jako by byl neustále ve služební pohotovosti a i zde vyčkával hlasu nadřízeného. Následkem toho stejnokroj, už na začátku ne zrovna nový, pozbýval přes všechnu matčinu i sestřinu péči čistoty a Řehoř se často celé večery vydržel dívat na ten oděv plný skvrn a vždy zářící vyleštěné knoflíky, v němž stařec krajně nepohodlně a přece klidně spal.

Jak odbilo deset, pokoušela se matka tichými domluvami otce probudit a pak ho přimět, aby si šel lehnout, neboť tady není přece žádné spaní, jehož má otec, který v šest hodin musí nastoupit službu, nanejvýš zapotřebí. Ale s umíněností, která ho posedla od té doby, co se stal sluhou, trval pokaždé na tom, že ještě zůstane u stolu, ač-

---

4. **sich weigern**(V. h.): ablehnen etwas zu tun. *Er weigerte sich, den Befehl auszuführen.* (**zdráhat se**)

5. **infolgedessen**(Konj.): als Folge davon, deshalb. *Die Straße war gesperrt, infolgedessen machten wir einen Umweg.* (**pro to, z toho důvodu**)

6. **sobald**(Konj.): sofort wenn, sogleich wenn. *Er will anrufen, sobald er zu Hause angekommen ist.* (**jakmile**)

7. **Diener**(m. -s, -): jmd., der in abhängiger Stellung in einem Haushalt tätig ist. *Er war ein treuer Diener.* (**sluha, sloužící**)

überdies nur mit der größten Mühe zu bewegen, den Sessel mit dem Bett zu vertauschen. Da mochten Mutter und Schwester mit kleinen Ermahnungen noch so sehr auf ihn eindringen, viertel-stundenlang schüttelte[1] er langsam den Kopf, hielt die Augen geschlossen und stand nicht auf. Die Mutter zupfte[2] ihn am Ärmel, sagte ihm Schmeichelworte[3] ins Ohr, die Schwester verließ ihre Aufgabe, um der Mutter zu helfen, aber beim Vater verfing[4] das nicht. Er versank nur noch tiefer in seinen Sessel. Erst bis ihn die Frauen unter den Achseln[5] faßten, schlug er die Augen auf, sah abwechselnd die Mutter und die Schwester an und pflegte zu sagen:»Das ist ein Leben. Das ist die Ruhe meiner alten Tage. « Und auf die beiden Frauen gestützt, erhob[6] er sich, umständlich, als sei er für sich selbst die größte Last, ließ sich von den Frauen bis zur Türe führen, winkte ihnen dort ab und ging nun selbständig weiter, während die Mutter ihr Nähzeug, die Schwester ihre Feder eiligst hinwarfen, um hinter dem Vater zu laufen und ihm weiter behilflich zu sein.

Wer hatte in dieser abgearbeiteten und übermüdeten Familie Zeit, sich um Gregor mehr zu kümmern, als unbedingt nötig war? Der Haushalt wurde immer mehr eingeschränkt[7]; das Dienst-mädchen wurde nun doch entlassen; eine riesige knochige Bedienerin mit weißem, den Kopf umflatterndem Haar kam des Morgens und des Abends, um die schwerste Arbeit zu leisten; alles andere besorgte die Mutter neben ihrer vielen Näharbeit. Es geschah sogar, daß verschiedene Familienschmuckstücke[8], welche früher die Mutter und die Schwester überglücklich bei Unterhaltungen und Feierlichkeiten getragen hatten, verkauft wurden, wie Gregor am Abend aus der allgemeinen Besprechung

---

1. **schütteln**(V. h.): schnell hin und her bewegen. *Sie schüttelte ver-weinend den Kopf.* (**zatřást, potřást, vrtět**)
2. **zupfen**(V. h.): vorsichtig und mit einem leichten Ruck an etwas ziehen. *Er zupfte nervös an seinem Bart.* (**zatahat**)
3. **schmeicheln**(V. h.): jmdn. in übertriebener Weise loben. *Er schme-ichelte ihr, sie sei große Künstlerin.* (**lichotit**)
4. **verfangen**(V. i., h. a): (meist verneint) die gewünschte Wirkung her-vorrufen. *Solche Tricks verfangen bei mir nicht.* (**působit, prospět**)
5. **Achsel**(f. -, -n): I. Schulter. *Er zuckte mit den Achseln.* (**rameno**)

koli pak zpravidla usnul, a kromě toho dalo pak velkou práci donutit ho, aby vyměnil židli za postel. Ať na něj matka i sestra sebevíc dorážely mírnými domluvami, čtvrt hodiny pomalu vrtěl hlavou, oči měl zavřené a nevstával. Matka ho potahovala za rukáv, říkala mu do ucha různé lichotky, sestra nechávala úkol a pomáhala matce, ale na otce to neplatilo. Jen se ještě hlouběji zabořil do křesla. Teprve když ho ženy vzaly pod paží, otevřel oči, díval se z matky na sestru a ze sestry na matku a říkal: „To je život. Takový já mám k stáru klid." A opíraje se o obě ženy, zvedl se těžkopádně, jako by sám sobě byl největším břemenem, nechal se ženami dovést až ke dveřím. Tam jim pokynul, aby šly, a sám pak kráčel dál, zatímco matka honem odhodila šití, sestra pero a obě běžely za otcem, aby mu byly dále nápomocny.

Kdo měl v této přepracované a příliš unavené rodině čas starat se o Řehoře víc, než bylo nezbytně nutno? Domácnost se uskrovňovala čím dál víc; obrovitá kostnatá posluhovačka s bílými poletujícími vlasy přicházela ráno a večer vykonat tu nejtěžší práci; vše ostatní obstarala matka vedle spousty šití. Stalo se dokonce, že různé rodinné šperky, jež dříve matka s dcerou celé šťastné nosívaly na zábavách a při slavnostech, byly odprodány, jak se Řehoř dověděl večer, když by-

---

II. Stelle unterhalb des Schultergelenks. *Das Fieber unter der Achsel messen.* (**podpaždí**)

6. erheben(V. o., h. o): I. in die Höhe heben. *Die Hand zum Schwur heben.* (**zdvihnout**) II. sich erheben: von Sitzen oder Liegen aufstehen. *Das Publikum erhob sich von Plätzen.* (**zdvihnout se, povstat**)

7. einschränken(V. h.): auf ein geringeres Maß herabsetzen. *Seine Ausgabe einschränken.* (**omezit**)

8. Schmuck(m. -(e)s, 0): schmückender, sichtbar am Körper getragener Gegenstand. *Sie trug kostbaren Schmuck.* (**šperk**)

der erzielten Preise[1] erfuhr. Die größte Klage war aber stets, daß man diese für die gegenwärtigen Verhältnisse allzugroße Wohnung nicht verlassen konnte, da es nicht auszudenken[2] war, wie man Gregor übersiedeln[3] sollte. Aber Gregor sah wohl ein, daß es nicht nur die Rücksicht auf ihn war, welche eine Obersiedlung verhinderte, denn ihn hätte man doch in einer passenden Kiste mit ein paar Luftlöchern leicht transportieren können; was die Familie hauptsächlich vom Wohnungswechsel abhielt, war vielmehr die völlige Hoffnungslosigkeit und der Gedanke daran, daß sie mit einem Unglück geschlagen war, wie niemand sonst im ganzen Verwandten-[4] und Bekanntenkreis[5]. Was die Welt von armen Leuten verlangt, erfüllten sie bis zum äußersten, der Vater holte den kleinen Bankbeamten[6] das Frühstück, die Mutter opferte sich für die Wäsche fremder Leute, die Schwester lief nach dem Befehl der Kunden hinter dem Pulte hin und her, aber weiter reichten die Kräfte der Familie schon nicht. Und die Wunde im Rücken fing Gregor wie neu zu schmerzen an, wenn Mutter und Schwester, nachdem sie den Vater zu Bett gebracht hatten, nun zurückkehrten, die Arbeit liegen ließen, nahe zusammenrückten, schon Wange[7] an Wange saßen; wenn jetzt die Mutter, auf Gregors Zimmer zeigend, sagte: »Mach' dort die Tür zu, Grete, « und wenn nun Gregor wieder im Dunkel war, während nebenan die Frauen ihre Tränen vermischten oder gar tränenlos den Tisch anstarrten.

Die Nächte und Tage verbrachte Gregor fast ganz ohne Schlaf. Manchmal dachte er daran, beim nächsten Öffnen der Tür die Angelegenheiten der Familie ganz so wie früher wieder in die Hand zu nehmen; in seinen Gedanken erschienen wieder nach

---

1. **Preis**(m. -es, -e): Betrag im Geld, den man beim Kauf einer Ware zu zahlen hat. *Die Preise steigen.* (**cena**)

2. **ausdenken**(V. dachte aus, h. ausgedacht): in Gedanken zurechtlegen. *Er hatte einen Trick ausgedacht.* (**vymyslet**) *Es ist nicht auszudenken.* (**To je nepředstavitelné**)

3. **übersiedeln**(V. siedelte um, i. übergesiedelt): sich mit seinen Möbeln und anderen Sachen an einem anderen Ort niederlassen. *Er ist vor zwei Jahren hierher übersiedelt.* (**přestěhovat se**)

4. **Verwandte**(m. und f. -n, -n, aber (ein) Verwandter, Plural: viele Verwandte): männliche bzw. weibliche Person, die die gleiche

la řeč o tom, kolik za ně dostaly. Nejvíce si ale všichni stále naříkali, že nemohou odejít z tohoto bytu příliš velikého na nynější poměry, neboť si nedovedli představit, jak přestěhovat Řehoře. Řehoř však dobře viděl, že jim ve stěhování nebrání ani tak ohledy na něj, vždyť by ho snadno mohli přepravit v nějaké vhodné bedně s několika otvory pro vzduch; co rodině hlavně bránilo změnit byt, byla spíše naprostá beznaděj a pomyšlení, že ji postihlo takové neštěstí jako nikoho druhého mezi příbuznými a známými. Co žádá svět od chudáků, to splnili, jak mohli, otec nosil úředníkům v bance snídani, matka se obětovala pro prádlo cizích lidí, sestra pobíhala za pultem, jak zákazníci poroučeli, ale na víc už rodině síly nestačily. A rána v zádech jako by Řehoře znovu rozbolela, když matka a sestra uložily otce a vrátily se zpátky, na práci už nesáhly, přisedly jedna k druhé a tiskly se k sobě tvářemi; když teď matka ukázala na Řehořův pokoj a řekla: „Zavři ty dveře, Markétko," a když se Řehoř octl zase potmě, zatímco ženy mísily své slzy nebo dokonce bez slz zíraly do stolu.

Noci i dny trávil Řehoř skoro úplně beze spánku. Někdy si říkal, že až se příště otevřou dveře, vezme záležitosti rodiny znovu do svých rukou zcela jako dříve, v myšlenkách se mu zase po dlouhé době objevil šéf a prokurista, příručí

Abstammung hat. *Alle Verwandten waren eingeladen.* (**příbuzný, příbuzná**)

5. Bekannte(m. und f. -n, -n, aber (ein) Bekannter, Plural: viele Bekannte): jmd., mit dem jmd. gut bekannt ist. *Ein Bekannter seines Vaters.* (**známý, známá**)

6. Beamte(m. -n, -n, aber (ein) Beamter, Plural:viele Beamte): männliche Person, die im öffentlichen Dienst arbeitet. *Er ist Beamter.* (**úředník**)

7. Wange(f. -, -n): Backe. *Mädchenwange.* (**tvář, líčko**)

8. anstarren(V. h.): unverwandt und aufdringlich anblicken. *Er starrte mich an.* (**upírat zrak, upřeně se dívat, zírat**)

langer Zeit der Chef und der Prokurist, die Kommis und die Lehrjungen, der so begriffsstützige[1] Hausknecht, zwei drei Freunde aus anderen Geschäften, ein Stubenmädchen aus einem Hotel in der Provinz, eine liebe, flüchtige Erinnerung, eine Kassiererin aus einem Hutgeschäft, um die er sich ernsthaft, aber zu langsam beworben[2] hatte – sie alle erschienen untermischt mit Fremden oder schon Vergessenen, aber statt ihm und seiner Familie zu helfen, waren sie sämtlich[3] unzugänglich, und er war froh, wenn sie verschwanden. Dann aber war er wieder gar nicht in der Laune, sich um seine Familie zu sorgen, bloß Wut über die schlechte Wartung[4] erfüllte ihn, und trotzdem er sich nichts vorstellen konnte, worauf er Appetit gehabt hätte, machte er doch Pläne, wie er in die Speisekammer gelangen[5] könnte, um dort zu nehmen, was ihm, auch wenn er keinen Hunger hatte, immerhin gebührte. Ohne jetzt mehr nachzudenken, womit man Gregor einen besonderen Gefallen machen könnte, schob die Schwester eiligst, ehe sie morgens und mittags ins Geschäft lief, mit dem Fuß irgendeine beliebige[6] Speise in Gregors Zimmer hinein, um sie am Abend, gleichgültig dagegen, ob die Speise vielleicht nur verkostet oder – der häufigste Fall – gänzlich unberührt war, mit einem Schwenken des Besens hinauszukehren. Das Aufräumen des Zimmers, das sie nun immer abends besorgte, konnte gar nicht mehr schneller getan sein. Schmutzstreifen zogen sich die Wände entlang[7], hie und da lagen Knäuel von Staub und Unrat[8]. In der ersten Zeit stellte sich Gregor bei der Ankunft[9] der Schwester in derartige besonders bezeichnende Winkel, um ihr durch diese Stellung gewissermaßen einen Vorwurf zu machen. Aber er hätte wohl wochenlang dort bleiben können, ohne daß sich die

---

1. begriffsstützig(Adj.): schwer von Begriff, langsam begreifend. *Ein begriffsstütziger Junge.* (**pomalu chápající**)

2. bewerben(V. a., h. o): etwas zu bekommen suchen und sich darum bemühen. *Sich um ein Amt bemühen.* (**ucházet se**)

3. sämtlich(Pronominaladj.): alle, ohne Ausnahme. *Ich habe deine Aufträge sämtlich erledigt.* (**všechen, veškerý**)

4. Wartung(f. -, -en): das Warten, Pflegen, Betreuen. *Gute Wartung.* (**obsluha**)

5. gelangen(V. i.): ein bestimmtes Ziel erreichen, an ein Ziel kommen. *Durch diese Straße gelangt man zum Bahnhof.* (**dostat se**)

a učedníci, ten zabedněný podomek, dva tři přátelé z jiných obchodů, pokojská z jednoho hotelu na venkově, milá, letmá vzpomínka, pokladní z jednoho kloboučnictví, o niž se vážně, avšak příliš váhavě ucházel – ti všichni se mu zjevovali pomícháni s cizími lidmi, ale místo aby jemu a jeho rodině pomohli, byli vesměs nepřístupní, a on byl rád, když zmizeli. Pak zas ale vůbec neměl náladu starat se o rodinu, jen se vztekal na špatnou obsluhu, a ačkoli si nedovedl představit nic, nač by měl chuť, přece osnoval plány, jak se dostat do spíže a vzít si tam, co mu přece jen náleží, i když nemá hlad. Sestra teď už nepřemýšlela, čím se Řehořovi zvlášť zavděčit, ráno a v poledne, než odběhla do obchodu, strčila Řehořovi ve spěchu nohou do pokoje nějaké to jídlo, jedno jaké, a večer je máchnutím koštěte vymetla, nestarajíc se o to, jestli jídlo aspoň okusil nebo jestli se ho – což se stávalo nejčastěji – vůbec ani nedotkl. Úklid pokoje, který teď obstarávala vždy večer, se už ani nedal odbýt rychleji. Špinavé šmouhy se táhly po stěnách, místy se válely chuchvalce prachu a smetí. První dobou se Řehoř pokaždé, když sestra přišla, postavil do takového zvlášť příznačného koutu, jako by jí vyčítal. Ale byl by tam snad mohl stát celé týdny, sestrou by to nepohnulo, viděla přece špínu stejně jako on, jenže se rozhodla, že se o ni nebude starat. Přímo s nedůtklivostí u ní

---

6. beliebig(Adj.): nach Belieben herausgegriffen, angenommen. *Einen beliebigen Namen auswählen.* (**libovolný**)

7. entlang(Präp. bei Nachstellung mit Akk., selten mit Dat.): an der Seite, am Rand hin. *Die Straße entlang.* (bei Voranstellung mit Dat., selten mit Gen.): *entlang dem Fluss.* (**podél**)

8. Unrat(m. -(e)s, 0): (gehoben) etwas, was aus Abfällen besteht. *Sie beseitigt den Unrat.* (**nečistota, smetí**)

9. Ankunft(f. -, ü-e): das Eintreffen, Ankommen am Ziel. *Die Ankunft des Zuges erwarten.* (**příchod, příjezd**)

Schwester gebessert hätte; sie sah ja den Schmutz genau so wie er, aber sie hatte sich eben entschlossen, ihn zu lassen. Dabei wachte sie mit einer an ihr ganz neuen Empfindlichkeit, die überhaupt die ganze Familie ergriffen hatte, darüber, daß das Aufräumen von Gregors Zimmer ihr vorbehalten[1] blieb. Einmal hatte die Mutter Gregors Zimmer einer großen Reinigung unterzogen, die ihr nur nach Verbrauch einiger Kübel Wasser gelungen[2] war – die viele Feuchtigkeit kränkte allerdings Gregor auch und er lag breit, verbittert[3] und unbeweglich auf dem Kanapee –, aber die Strafe blieb für die Mutter nicht aus. Denn kaum hatte am Abend die Schwester die Veränderung in Gregors Zimmer bemerkt, als sie, aufs höchste beleidigt, ins Wohnzimmer lief und, trotz der beschwörend erhobenen Hände der Mutter, in einen Weinkrampf[4] ausbrach, dem die Eltern – der Vater war natürlich aus seinem Sessel aufgeschreckt worden – zuerst erstaunt und hilflos zusahen, bis auch sie sich zu rühren anfingen; der Vater rechts der Mutter Vorwürfe machte, daß sie Gregors Zimmer nicht der Schwester zur Reinigung überließ; links dagegen die Schwester anschrie, sie werde niemals mehr Gregors Zimmer reinigen dürfen; während die Mutter den Vater, der sich vor Erregung nicht mehr kannte, ins Schlafzimmer zu schleppen suchte; die Schwester, von Schluchzen[5] geschüttelt, mit ihren kleinen Fäusten den Tisch bearbeitete; und Gregor laut vor Wut darüber zischte, daß es keinem einfiel, die Tür zu schließen und ihm diesen Anblick und Lärm zu ersparen.

Aber selbst wenn die Schwester, erschöpft von ihrer Berufsarbeit, dessen überdrüssig[6] geworden war, für Gregor, wie früher, zu sorgen, so hätte noch keineswegs[7] die Mutter für sie eintreten müssen und Gregor hätte doch nicht vernachlässigt[8]

---

1. **vorbehalten**(V. ie., h. a): sich die Möglichkeit offenlassen, gegenebenfalls anders zu entscheiden. *Gerichtliche Schritte behalte ich mir vor.* (**vyhradit si**)

2. **gelingen**(V. a., i. u): nach Planung zustande kommen. *Die Arbeit ist ihm gelungen.* (**podařit se**)

3. **verbittert**(Adj.): von ständigen Groll gegen das eigene als hart empfundene Schicksal erfüllt. *Eine verbitterte alte Frau.* (**zahořklý, roztrpčený**)

4. **Krampf**(m. -(e)s, ä-e): plötzliches, schmerzhaftes Sichzusammenziehen der Muskeln. *Er hat einen Krampf in der Wade.* (**křeč**)

zcela novou, která posedla vůbec celou rodinu, dbala na to, aby úklid Řehořova pokoje zůstal vyhrazen jí. Jednou matka podrobila Řehořův pokoj velikému smýčení, při němž spotřebovala několik kbelíků vody – Řehořovi bylo to velké vlhko ovšem také protivné a roztrpčeně a nehnutě ležel rozvalený na pohovce –, avšak trest ji neminul. Sotva totiž sestra večer zpozorovala změnu v Řehořově pokoji, běžela náramně uražená do obývacího pokoje, a ač ji matka lomíc rukama zapřísahala, propukla v křečovitý pláč, kterému rodiče – otce to samozřejmě vyplašilo z křesla – nejdřív s bezmocným úžasem přihlíželi; až i oni se rozčilili; napravo otec vyčítal matce, že nenechala Řehořův pokoj vysmýčit sestře; nalevo zas křičel na sestru, že už nikdy nebude smět u Řehoře uklízet; zatím se matka pokoušela otce, který se už rozčilením neznal, odvléci do ložnice; sestra, otřásajíc se vzlykotem, tloukla drobnými pěstmi do stolu; a Řehoř nahlas syčel vzteky, že nikoho nenapadlo zavřít dveře a ušetřit ho té podívané a toho rámusu.

Ale i když sestru, vyčerpanou zaměstnáním, omrzelo starat se o Řehoře jako dřív, nebylo ještě vůbec zapotřebí, aby ji zastávala matka, a přece nemusel být Řehoř zanedbáván. Vždyť tu teď byla posluhovačka. Tato stará vdova, která dík své silné kostře přestála v životě už asi lecjakou sví-

---

5. **Schluchzen**(n. -s, 0): Schlucken, Schluckauf. *Von Schluchzen geschüttelt.* (**škytání, vzlykání**)

6. **überdrüssig**(Adj.) jmds. / einer Sache überdrüssig sein:in Bezug auf eine Person, eine Sache Überdruss empfinden. *Er war ihrer überdrüssig geworden.* (**omrzelý, znechucený**)

7. **keineswegs**(Adv.): durchaus nicht. *Das ist keineswegs der Fall.* (**nikterak, vůbec**)

8. **vernachlässigen**(V. h.): jmdm. /etwas nicht genügend Aufmerksamkeit widmen. *Er vernachlässigte seine Arbeit.* (**zanedbávat, opominout**)

werden brauchen. Denn nun war die Bedienerin da. Diese alte Witwe[1], die in ihrem langen Leben mit Hilfe ihres starken Knochenbaues das Argste überstanden haben mochte, hatte keinen eigentlichen Abscheu[2] vor Gregor. Ohne irgendwie neugierig zu sein, hatte sie zufällig einmal die Tür von Gregors Zimmer aufgemacht und war im Anblick Gregors, der, gänzlich überrascht, trotzdem ihn niemand jagte, hin und herzulaufen begann, die Hände im Schoß[3] gefaltet staunend stehen geblieben. Seitdem versäumte sie nicht, stets flüchtig morgens und abends die Tür ein wenig zu öffnen und zu Gregor hineinzuschauen. Anfangs rief sie ihn auch zu sich herbei, mit Worten, die sie wahrscheinlich für freundlich hielt, wie »Komm mal herüber, alter Mistkäfer[4]!« oder »Seht mal den alten Mistkäfer!« Auf solche Ansprachen antwortete Gregor mit nichts, sondern blieb unbeweglich auf seinem Platz, als sei die Tür gar nicht geöffnet worden. Hätte man doch dieser Bedienerin, statt sie nach ihrer Laune ihn nutzlos stören zu lassen, lieber den Befehl gegeben, sein Zimmer täglich zu reinigen! Einmal am frühen Morgen – ein heftiger Regen, vielleicht schon ein Zeichen des kommenden Frühjahrs, schlug an die Scheiben[5] war Gregor, als die Bedienerin mit ihren Redensarten wieder begann, derartig erbittert, daß er, wie zum Angriff, allerdings langsam und hinfällig[6], sich gegen sie wendete. Die Bedienerin aber, statt sich zu fürchten, hob bloß einen in der Nähe der Tür befindlichen Stuhl hoch empor[7], und wie sie mit groß geöffnetem Munde dastand, war ihre Absicht klar, den Mund erst zu schließen, wenn der Sessel in ihrer Hand auf Gregors Rücken niederschlagen würde. »Also weiter geht es nicht?« fragte sie, als Gregor sich wieder umdrehte, und stellte den Sessel ruhig in die Ecke zurück.

---

1. Witwe(f. -, -n): Frau, deren Ehemann gestorben ist. *Sie ist Witwe.* (**vdova**)

2. Abscheu(m. -s, 0 seltener f. -, 0): I. physisches Angeeckeltsein. *Abscheu vor Knoblauch.* (**odpor**) II. mit Empörung verbundene starke Abneigung. *Abscheu empfinden vor jmdm.* (**odpor**)

3. Schoss(m. -es, ö-e): Vertiefung, die sich beim Sitzen zwischen Oberkörper und Beinen bildet. *Ein Apfel im Schoss.* (**klín**)

4. Mistkäfer(m. -s, -): Angehöriger einer Unterfamilie der Skarabäen. (**hovnivál**)

zel, necítila vlastně k Řehořovi odpor. Bez nějaké zvláštní zvědavosti otevřela jednou náhodou dveře do Řehořova pokoje, a jak uviděla Řehoře, který byl tak překvapen, že ačkoli ho nikdo nehonil, začal pobíhat sem a tam, zůstala stát s rukama složenýma v klíně. Od té doby neopominula vždycky ráno a večer na okamžik pootevřít dveře a nahlédnout k Řehořovi. Ze začátku ho dokonce přivolávala slovy, která se jí patrně zdála vlídná, jako „Pojď sem, ty starý hovnivále!" nebo „Podívejme se na něho, starého hovnivála!" Na taková oslovení Řehoř vůbec neodpovídal, nýbrž zůstával bez hnutí na místě, jako by se byly dveře vůbec neotevřely. Kdyby byli raději té posluhovačce nařídili, aby mu v pokoji denně uklidila, místo aby jí dovolovali nadarmo ho vyrušovat, kdy se jí zachce! Jednou časně ráno – do oken bil prudký déšť, možná že už znamení blížícího se jara – začala posluhovačka zase se svými řečmi, což Řehoře tak roztrpčilo, že se proti ní, ovšem pomalu a chabě, obrátil, jako by chtěl zaútočit. Posluhovačka však, místo aby se zalekla, zvedla pouze do výšky židli stojící kousek ode dveří, a jak tu tak stála s ústy dokořán, bylo jasné, že je nehodlá zavřít dřív, dokud židle v její ruce nedopadne na Řehořův hřbet. „Tak co, dál už to nejde?" zeptala se, když se Řehoř zase obrátil, a s klidem postavila židli zpátky do kouta.

---

5. Scheibe(f. -, -n): I. flacher, kreisförmiger Gegenstand. *Der Diskus ist eine Scheibe.* (**kotouč, disk**) II. dünnere Platte aus Glas, die in den Rahmen eingesetzt ist. *Die Scheiben klirrte.* (**okenní tabule**)
6. hinfällig(Adj.): durch Krankheit, vielerei Beschwerden stark geschwächt. *Er ist schon sehr hinfällig.* (**chatrný, ochablý**)
7. empor(Adj.): in die Höhe, hinauf. *Empor zu den Sternen.* (**vzhůru**)

Gregor aß nun fast gar nichts mehr. Nur wenn er zufällig an der vorbereiteten Speise vorüberkam, nahm er zum Spiel einen Bissen in den Mund, hielt ihn dort stundenlang und spie[1] ihn dann meist wieder aus. Zuerst dachte er, es sei die Trauer über den Zustand seines Zimmers, die ihn vom Essen abhalte, aber gerade mit den Veränderungen des Zimmers söhnte[2] er sich sehr bald aus. Man hatte sich angewöhnt, Dinge[3], die man anderswo nicht unterbringen konnte, in dieses Zimmer hineinzustellen, und solcher Dinge gab es nun viele, da man ein Zimmer der Wohnung an drei Zimmerherren vermietet[4] hatte. Diese ernsten Herren – alle drei hatten Vollbärte, wie Gregor einmal durch eine Türspalte feststellte – waren peinlich auf Ordnung, nicht nur in ihrem Zimmer, sondern, da sie sich nun einmal hier eingemietet hatten, in der ganzen Wirtschaft, also insbesondere in der Küche, bedacht[5]. Unnützen oder gar schmutzigen Kram ertrugen[6] sie nicht. Überdies hatten sie zum größten Teil ihre eigenen Einrichtungsstücke mitgebracht. Aus diesem Grunde waren viele Dinge überflüssig geworden, die zwar nicht verkäuflich waren, die man aber auch nicht wegwerfen wollte. Alle diese wanderten in Gregors Zimmer. Ebenso auch die Aschenkiste und die Abfallkiste aus der Küche. Was nur im Augenblick unbrauchbar war, schleuderte[7] die Bedienerin, die es immer sehr eilig[8] hatte, einfach in Gregors Zimmer; Gregor sah glücklicherweise meist nur den betreffenden Gegenstand und die Hand, die ihn hielt. Die Bedienerin hatte vielleicht die Absicht, bei Zeit und Gelegenheit die Dinge wieder zu holen oder alle insgesamt mit einemmal hinauszuwerfen, tatsächlich aber blieben sie dort liegen, wohin sie durch den ersten Wurf

---

1. ausspeien(V. ie., h. ie): durch Speien von sich geben, ausspucken. *Der Vulkan speit Lava aus.* (**vyplivnout, vyvrhnout**)

2. sich aussöhnen(V. h.): Versöhnung herbeiführen, Streit beenden. *Er hat sich mit ihr ausgesöhnt.* (**usmířit se, smířit se**)

3. Ding(n. -(e)s, -e und ung. –er): I. (Plural:Dinge): bestimmtes Etwas, nicht näher bezeichnetes Gegenstand. *Dinge zum Verschenken.* (**věc**) II. Pluralform: Angelegenheiten. *Persönliche Dinge.* (**věc**)

4. vermieten(V. h.): eine Wohnung, ein Zimmer gegen Bezahlung für eine bestimmte Zeit zur Benutzung überlassen. *Eine Wohnung vermieten.* (**pronajmout**)

Řehoř teď už nejedl skoro vůbec nic. Jen když šel náhodou kolem přichystaného jídla, vzal si do úst sousto na hraní, nechal je tam celé hodiny a pak je většinou vyplivl. Nejdříve myslil, že mu nechutná ze zármutku nad tím, jak vypadá jeho pokoj, ale právě se změnami v pokoji se velmi brzy smířil. Ostatní si zvykli stavět mu do pokoje věci, které se jinam nevešly, a takových věcí bylo teď spousta, poněvadž do jednoho z pokojů vzali na byt tři pány. Tito vážní pánové – všichni tři měli plnovousy, jak jednou Řehoř zjistil škvírkou ve dveřích – dbali úzkostlivě na pořádek, nejen u sebe v pokoji, ale když už se tu jednou ubytovali, v celé domácnosti, tedy zejména v kuchyni. Zbytečné nebo dokonce špinavé krámy nesnášeli. Kromě toho si většinu zařízení přivezli s sebou. Z tohoto důvodu zde teď byla spousta zbytečných věcí, které se sice nedaly prodat, ale přitom je bylo škoda vyhodit. Všechny ty věci putovaly k Řehořovi do pokoje. Stejně tak nádoba na popel a bedna na odpadky z kuchyně. Co nebylo zrovna k potřebě, hodila posluhovačka, která měla naspěch, jednoduše k Řehořovi do pokoje; Řehoř vídal naštěstí většinou jen dotyčný předmět a ruku, která ho držela. Posluhovačka měla možná v úmyslu, že časem, až se to bude hodit, zase ty věci odnese nebo je vyhodí všechny najednou, ve skutečnosti však zůstávaly ležet tam, kam prvně

---

5. auf etwas bedacht sein: sorgfältig auf etwas achten, an etwas denken. *Sie war stets ihrer guten Ruf bedacht.* (**dbát**)

6. ertragen(V. u., h. a): etwas Lästiges aushalten. *Er ertrug furchtbare Schmerzen.* (**snášet**)

7. schleudern(V. h.): I. mit kräftigem Schwung und mit Wucht werfen. *Er hat das Buch in die Ecke geschleudert.* (**hodit, mrštit**) II. in einer Zentrifuge von anderen Stoffen trennen. *Wäsche schleudern.* (**odstředit**)

8. es eilig haben: in Eile sein. *Ich habe es immer eilig.* (**mít naspěch, spěchat**)

gekommen waren, wenn nicht Gregor sich durch das Rumpelzeug[1] wand und es in Bewegung brachte, zuerst gezwungen[2], weil kein sonstiger Platz zum Kriechen frei war, später aber mit wachsendem Vergnügen, obwohl er nach solchen Wanderungen, zum Sterben müde und traurig[3], wieder stundenlang sich nicht rührte.

Da die Zimmerherren manchmal auch ihr Abendessen zu Hause im gemeinsamen Wohnzimmer einnahmen, blieb die Wohnzimmertür an manchen Abenden geschlossen, aber Gregor verzichtete ganz leicht auf das Öffnen der Tür, hatte er doch schon manche Abende, an denen sie geöffnet war, nicht ausgenützt, sondern war, ohne daß es die Familie merkte, im dunkelsten[4] Winkel seines Zimmers gelegen. Einmal aber hatte die Bedienerin die Tür zum Wohnzimmer ein wenig offen gelassen, und sie blieb so offen, auch als die Zimmerherren am Abend eintraten und Licht gemacht wurde. Sie setzten sich oben an den Tisch, wo in früheren Zeiten der Vater, die Mutter und Gregor gegessen hatten, entfalteten[5] die Servietten und nahmen Messer und Gabel in die Hand. Sofort erschien in der Tür die Mutter mit einer Schüssel[6] Fleisch und knapp hinter ihr die Schwester mit einer Schüssel hochgeschichteter Kartoffeln. Das Essen dampfte mit starkem Rauch. Die Zimmerherren beugten sich über die vor sie hingestellten Schüsseln, als wollten sie sie vor dem Essen prüfen, und tatsächlich zerschnitt[7] der, welcher in der Mitte saß und den anderen zwei als Autorität zu gelten schien, ein Stück Fleisch noch auf der Schüssel, offenbar um festzustellen, ob es mürbe[8] genug sei und ob es nicht etwa in die Küche zurückgeschickt werden solle. Er war be-

---

1. Rupmpelzeug(n. -s, 0): Gerumpel, Gerümpel. (**harampádí**)

2. zwingen(V. a., h. u): durch Drohung veranlassen, etwas Bestimmtes zu tun. *Jmdn. zu einem Geständnis zwingen.* (**nutit, donutit**)

3. traurig(Adj.): von Trauer erfüllt, Trauer hervorrufend. *Traurige Augen haben.* (**smutný, truchlivý, sklíčený**)

4. dunkel(Adj.): I. nicht hell, nicht oder nur unzulänglich erhellt. *Es wird schon früh dunkel.* (**temný**) II. nicht hell, sondern sich in der Farbe eher dem Schwarz nähernd. *Ein dunkler Anzug.* (**tmavý**)

dopadly, pokud se mezi tím harampádím neprodíral Řehoř a neposunul jím nejdříve z nouze, protože neměl jinak kudy lézt, později však s čím dál větším potěšením, ačkoli býval po takových túrách k smrti unaven a sklíčen a celé hodiny se zase nemohl ani hnout.

Páni nájemníci občas večeřívali doma ve společném obývacím pokoji, proto zůstávaly někdy večer dveře do obývacího pokoje zavřeny, ale Řehoř se docela snadno obešel bez otevřených dveří, vždyť už leckdy večer ani nevyužil toho, že jsou otevřené, a zůstal ležet v nejtemnějším koutě pokoje, aniž si toho rodina všimla. Jednou však nechala služka dveře do obývacího pokoje trochu pootevřené a zůstaly tak, i když večer páni nájemníci vešli a rozsvítilo se. Posadili se ke stolu, kde dříve sedával otec, matka a Řehoř, rozbalili ubrousky a vzali do ruky nůž a vidličku. Okamžitě se ve dveřích objevila matka s mísou masa a hned za ní sestra s vrchovatou mísou brambor. Z jídla se vydatně kouřilo. Páni nájemníci se sklonili nad mísami, jež byly před ně postaveny, jako by je chtěli prozkoumat, než začnou jíst, a ten, který seděl uprostřed a byl patrně druhými dvěma pokládán za autoritu, skutečně rozkrojil jeden kousek masa ještě na míse, zřejmě aby se přesvědčil, je-li dost křehké a nemá-li se snad poslat zpátky do kuchyně. Byl spokojen a matka i sestra, které na-

---

5. entfalten(V. h.): auseinanderfallen. *Die Pflanze entfaltet ihre Blätter.* (**rozvinout, rozvíjet**)

6. Schüssel(f. -, -n): gewöhnlich tiefes Gefäß zum Anrichten und Auftragen von Speisen. *Eine Schüssel voll Kartoffelbrei.* (**mísa**)

7. zerschneiden(V. zerschnitt, h. zerschnitten): mit einem Messer oder etwas ähnlich Scharfem zerteilen. *Fleisch, Wurst zerschneiden.* (**rozřezat, rozkrájet**)

8. mürbe(Adj.): so beschaffen, dass die noch bestehende gewisse Festigkeit leicht verloren geht und es in seine Teile zerfällt. *Ein mürber Kuchen.* (**křehký, drolivý**)

friedigt, und Mutter und Schwester, die gespannt zugesehen hatten, begannen aufatmend zu lächeln.

Die Familie selbst aß in der Küche. Trotzdem kam der Vater, ehe er in die Küche ging, in dieses Zimmer herein und machte mit einer einzigen Verbeugung, die Kappe[1] in der Hand, einen Rundgang um den Tisch. Die Zimmerherren erhoben sich sämtlich und murmelten etwas in ihre Bärte. Als sie dann allein waren, aßen sie fast unter vollkommenem Stillschweigen. Sonderbar[2] schien es Gregor, daß man aus allen mannigfachen[3] Geräuschen des Essens immer wieder ihre kauenden[4] Zähne heraushörte, als ob damit Gregor gezeigt werden sollte, daß man Zähne brauche, um zu essen, und daß man auch mit den schönsten zahnlosen Kiefern nichts ausrichten könne. »Ich habe ja Appetit«, sagte sich Gregor sorgenvoll, »aber nicht auf diese Dinge. Wie sich diese Zimmerherren nähren, und ich komme[5] um!«

Gerade an diesem Abend – Gregor erinnerte sich nicht, während der ganzen Zeit die Violine gehört zu haben – ertönte sie von der Küche her. Die Zimmerherren hatten schon ihr Nachtmahl beendet, der mittlere hatte eine Zeitung hervorgezogen, den zwei anderen je[6] ein Blatt gegeben, und nun lasen sie zurückgelehnt und rauchten. Als die Violine zu spielen begann, wurden sie aufmerksam, erhoben sich und gingen auf den Fußspitzen zur Vorzimmertür, in der sie aneinandergedrängt[7] stehen blieben. Man mußte sie von der Küche aus gehört haben, denn der Vater rief: »Ist den Herren das Spiel vielleicht unangenehm? Es kann sofort eingestellt[8] werden.« »Im Gegenteil[9]«, sagte der mittlere der Herren, »möchte das Fräulein nicht zu uns hereinkommen und hier im Zimmer spielen, wo es doch viel bequemer und gemütlicher ist?«

---

1. Kappe(f. -, -n): I. enganliegende Mütze mit oder ohne Schild. *Er hatte seine Kappe in der Hand.* (**čepice, čepička**) II. fest aufsitzender, über den Rand des zu bedeckenden Gefäßes reichender Deckel. (**poklop**)

2. sonderbar(Adj.): so beschaffen, dass es Verwunderung hervorruft. *Er ist ein sonderbarer Mensch.* (**zvláštní, podivný**)

3. mannigfach(Adj.): in großer Anzahl und auf verschiedene Art. *Gewalt kann in mannigfachen Formen auftreten.* (**rozličný, rozmanitý**)

4. kauen(V. h.): mit den Zähnen zerkleinern. *Er kaute das Brot.* (**žvýkat**)

5. umkommen(V. kam um, i. umgekommen): bei einem Unglück den Tod finden. *In den Flammen umkommen.* (**zahynout, přijít o život**)

pjatě přihlížely, se s úlevou začaly usmívat.

Rodina sama jedla v kuchyni. Přesto otec, dříve než šel do kuchyně, vstoupil sem do pokoje a s jednou jedinou úklonou, s čepicí v ruce, obešel stůl. Páni nájemníci všichni vstali a zamumlali něco do vousů. Když byli pak o samotě, jedli téměř za naprostého ticha. Řehořovi bylo divné, že mezi všemi rozličnými zvuky při jídle každou chvíli zaslechl jejich žvýkající zuby, jako by se tím mělo Řehořovi naznačit, že k jídlu jsou potřeba zuby a že ani sebekrásnější bezzubé čelisti nejsou k ničemu. „Však já mám chuť," říkal si Řehoř utrápeně, „jenže ne na tyhle věci. Krmí se ti páni nájemníci, krmí, a já tady uhynu!"

Právě toho večera – Řehoř si nevzpomínal, že by byl za celou tu dobu slyšel jejich zvuky – zazněly z kuchyně housle. Páni nájemníci už byli po večeři, prostřední vytáhl noviny, druhým dvěma dal po jednom listu, a teď všichni četli uvelebeni v křeslech a kouřili. Jak se ozvaly housle, zpozorněli, zvedli se a po špičkách šli ke dveřím do předsíně, kde se zastavili přimáčknuti jeden na druhého. Z kuchyně je asi slyšeli, neboť otec zavolal: „Je snad hra pánům nepříjemná? Může hned přestat." „Naopak," řekl prostřední z pánů, „nechtěla by slečna laskavě přijít sem k nám a hrát zde v pokoji, kde je přece jen mnohem pohodlněji a útulněji?" „Ó prosím," řekl otec, jako kdyby on byl

---

6. je(Adv.): jedesmal in einer bestimmten Anzahl. *Je 10 Personen.* (**po**)

7. aneinander(Adv.): einer an den andern, einer am andern. *Sie hängen aneinander.* (**k sobě, na sebe, na sobě, spolu**)

8. einstellen(V. h.): I. jmdm. in der Firma eine Stelle geben. *Neue Mitarbeiter einstellen.* (**zaměstnat**) II. eine Tätigkeit nicht fortsetzen. *Die Arbeit einstellen.* (**zastavit**)

9. Gegenteil(n. -(e)s, -e): etwas, was den genauen Gegensatz zu etwas darstellt. *Er behauptet das Gegenteil.* (**opak**) Im Gegenteil. (**naopak**)

»O bitte«, rief der Vater, als sei er der Violinspieler. Die Herren traten ins Zimmer zurück und warteten. Bald kam der Vater mit dem Notenpult, die Mutter mit den Noten und die Schwester mit der Violine. Die Schwester bereitete alles ruhig zum Spiele vor; die Eltern, die niemals früher Zimmer vermietet hatten und deshalb die Höflichkeit gegen die Zimmerherren übertrieben[1], wagten gar nicht, sich auf ihre eigenen Sessel zu setzen; der Vater lehnte[2] an der Tür, die rechte Hand zwischen zwei Knöpfe des geschlossenen Livreerockes gesteckt; die Mutter aber erhielt von einem Herrn einen Sessel angeboten und saß, da sie den Sessel dort ließ, wohin ihn der Herr zufällig gestellt hatte, abseits[3] in einem Winkel.

Die Schwester begann zu spielen; Vater und Mutter verfolgten, jeder von seiner Seite, aufmerksam die Bewegungen ihrer Hände. Gregor hatte, von dem Spiele angezogen[4], sich ein wenig weiter vorgewagt und war schon mit dem Kopf im Wohnzimmer. Er wunderte sich kaum darüber, daß er in letzter Zeit so wenig Rücksicht auf die andern nahm; früher war diese Rücksichtnahme sein Stolz[5] gewesen. Und dabei hätte er gerade jetzt mehr Grund gehabt, sich zu verstecken, denn infolge des Staubes, der in seinem Zimmer überall lag und bei der kleinsten Bewegung umherflog, war auch er ganz staubbedeckt; Fäden[6], Haare, Speiseüberreste schleppte er auf seinem Rücken und an den Seiten mit sich herum; seine Gleichgültigkeit gegen alles war viel zu groß, als daß er sich, wie früher mehrmals während des Tages, auf den Rücken gelegt und am Teppich gescheuert hätte. Und trotz dieses Zustandes hatte er keine Scheu, ein Stück auf dem makellosen Fußboden des Wohnzimmers vorzurücken.

---

1. übertreiben(V. übertrieb, h. übertrieben): größer, wichtiger darstellen, als die Sache wirklich ist. *Er hatte die Wirkung etwas übertrieben.* (zveličovat, přehánět)

2. lehnen(V. h.): I. schräg an einen stützenden Gegenstand stellen. *Das Brett an die Wand lehnen.* (opřít) II. sich lehnen: sich schräg gegen etwas stützen. *Sie lehnte sich an ihn.* (opřít se)

3. abseits I. (Präp. mit Gen.): ein wenig entfernt. *Abseits des Weges steht ein Haus.* (stranou) II. (Adv.): *Der Hof steht abseits vom Dorf.* (stranou)

hrál. Pánové ustoupili do pokoje a čekali. Brzy vešel otec s pultem na noty, matka s notami a sestra s houslemi. Sestra si s klidem všechno chystala ke hře; rodiče, kteří nikdy předtím pokoje nepronajímali a proto přeháněli zdvořilost k pánům nájemníkům, si ani netroufali sednout na své vlastní židle; otec se opřel o dveře s pravicí vsunutou mezi dva knoflíky zapjatého livrejového kabátu; matce však nabídl jeden z pánů židli, a protože ji nechala tam, kam ji pán náhodou postavil, seděla stranou v koutě.

Sestra začala hrát; otec a matka sledovali každý ze svého místa pohyby jejích rukou. Řehoř, přilákán hrou, odvážil se trochu dál a byl již hlavou až v obývacím pokoji. Ani mu nebylo divné, že poslední dobou bere tak málo ohledů k ostatním; dříve bývala ohleduplnost jeho pýchou. A přitom by právě teď měl spíše důvod, aby se schovával, prach, který ležel všude v jeho pokoji a při sebemenším pohybu se rozviřoval, pokrýval i jeho; na hřbetě i na bocích vláčel nitky, vlasy, zbytky jídla; byl už ke všemu příliš lhostejný, než aby si lehl na hřbet a vydrhl se o koberec, jak to dříve dělával několikrát za den. A přesto, že takto vypadal, neostýchal se popolézt kus po neposkvrněné podlaze obývacího pokoje.

---

4. anziehen(V. o., h. o): I. den Körper mit etwas bekleiden. *Die Mutter zog die Kinder an.* (**obléci**) II. viel Anziehungskraft ausüben und an sich heranziehen. *Der Magnet zieht Eisen an.* (**přitahovat**)

5. Stolz(m. -es, 0): I. ausgeprägtes, vom Sprecher als übersteigert angesehenes Selbstgefühl. *Ihr Stolz hat sie unbeliebt gemacht.* (**pýcha**) II. berechtigte Freude. *Voller Stolz berichtete er über seine Erfolge.* (**hrdost**)

6. Faden(m. -s, ä): längeres, sehr dünnes, aus Fasern gedrehtes Gebilde. *Ein seidener Faden.* (**nit**)

Allerdings achtete auch niemand auf ihn. Die Familie war gänzlich vom Violinspiel in Anspruch genommen; die Zimmerherren dagegen, die zunächst, die Hände in den Hosentaschen, viel zu nahe hinter dem Notenpult der Schwester sich aufgestellt hatten, so daß sie alle in die Noten hätten sehen können, was sicher die Schwester stören mußte, zogen sich bald unter halblauten[1] Gesprächen mit gesenkten Köpfen zum Fenster zurück, wo sie, vom Vater besorgt beobachtet, auch blieben. Es hatte nun wirklich den überdeutlichen Anschein, als wären sie in ihrer Annahme, ein schönes oder unterhaltendes Violinspiel zu hören, enttäuscht, hätten die ganze Vorführung[2] satt[3] und ließen sich nur aus Höflichkeit noch in ihrer Ruhe stören. Besonders die Art, wie sie alle aus Nase und Mund den Rauch ihrer Zigarren in die Höhe bliesen[4], ließ auf große Nervosität schließen. Und doch spielte die Schwester so schön. Ihr Gesicht war zur Seite geneigt, prüfend und traurig folgten ihre Blicke den Notenzeilen. Gregor kroch noch ein Stück vorwärts und hielt den Kopf eng an den Boden, um möglicherweise ihren Blicken begegnen[5] zu können. War er ein Tier, da ihn Musik so ergriff? Ihm war, als zeige sich ihm der Weg zu der ersehnten[6] unbekannten Nahrung. Er war entschlossen, bis zur Schwester vorzudringen, sie am Rock zu zupfen und ihr dadurch anzudeuten[7], sie möge doch mit ihrer Violine in sein Zimmer kommen, denn niemand lohnte hier das Spiel so, wie er es lohnen wollte. Er wollte sie nicht mehr aus seinem Zimmer lassen, wenigstens nicht, solange er lebte; seine Schreckgestalt sollte ihm zum erstenmal nützlich werden; an allen Türen seines Zimmers wollte er gleichzeitig[8] sein und den Angreifern

---

1. **laut**(Adj.): auf weite Entfernung hörbar. *Laut singen.* (**hlasitý, hlučný**)
2. **Vorführung**(f. -, -en): das Vorführen, Aufführung. *Theatervorführung.* (**předvedení, představení**)
3. **satt**(Adj.): I. seinen Hunger gestillt habend. *Dieser Eintopf macht satt.* (**sytý**) II. **satt haben**: genug davon haben. *Ich habe diese Ausreden satt.* (**mít něčeho dost**)
4. **blasen**(V. ie., h. a): I. Luft aus dem Mund ausstoßen. *Er blies ihm den Raum ins Gesicht.* (**foukat**) II. ein Blasinstrument spielen. *Die Trompete blasen.* (**troubit**)

Také si ho ovšem nikdo nepovšiml. Rodina byla úplně zaujata hrou na housle; naproti tomu páni nájemníci, kteří se zpočátku s rukama v kapsách kalhot postavili až příliš blízko za sestřin notový pult, takže se všichni mohli dívat do not, což sestru určitě rušilo, ustoupili brzy v polohlasném hovoru se skloněnými hlavami k oknu, kde též zůstali, zatímco otec je úzkostlivě pozoroval. Vznikal teď opravdu až příliš zřejmý dojem, že se zklamali v očekávání krásné či zábavné hry na housle, že už mají dost toho představení a jen ze zdvořilosti se nechávají rušit ve svém klidu. Zvlášť způsob, jímž všichni tři nosem i ústy vyfukovali do výšky kouř z doutníků, svědčil o značné nervozitě. A přece hrála sestra tak krásně. Tvář měla ke straně skloněnou, oči zkoumavě a smutně sledovaly řádky not. Řehoř ještě kousek popolezl a držel hlavu až těsně u podlahy, aby pokud možno zachytil její pohled. Byl zvířetem, že ho hudba uchvacovala? Měl pocit, jako by se před ním otvírala cesta k vytoužené neznámé potravě. Byl odhodlán proniknout až k sestře, zatahat ji za ruku a naznačit jí tak, aby se raději odebrala s houslemi k němu do pokoje, neboť nikdo se jí zde neodmění za její hru tak, jak by se jí odměnil on. Nepustí ji už ze svého pokoje, aspoň pokud bude živ; jeho děsivá podoba nechť je mu poprvé k užitku; bude na stráži u všech dveří svého po-

---

5. begegnen(V. i.): zufällig zusammentreffen. *Jmdm. auf der Straße begegnen.* (**potkat, narazit na**)

6. ersehnen(V. h.): herbeisehnen, herbeiwünschen. *Endlich kam der ersehnte Augenblick.* (**toužit**)

7. andeuten(V. h.): I. durch einen Hinweis vorsichtig zu verstehen gehen. *Sie deutete ihn an, er könne gehen.* (**naznačit**) II. in wenigen Grundzügen darstellen. *Mit ein paar Strichen eine Figur andeuten.* (**naznačit**)

8. gleichzeitig(Adj.): zur gleichen Zeit stattfindend. *Eine gleichzeitige Überprüfung aller Teile.* (**současný**)

entgegenfauchen; die Schwester aber sollte nicht gezwungen, sondern freiwillig bei ihm bleiben; sie sollte neben ihm auf dem Kanapee sitzen, das Ohr zu ihm herunterneigen, und er wollte ihr dann anvertrauen[1], daß er die feste Absicht gehabt habe, sie auf das Konservatorium zu schicken, und daß er dies, wenn nicht das Unglück dazwischen gekommen wäre, vergangene Weihnachten – Weihnachten war doch wohl schon vorüber? – allen gesagt hätte, ohne sich um irgendwelche Widerreden zu kümmern. Nach dieser Erklärung[2] würde die Schwester in Tränen der Rührung[3] ausbrechen, und Gregor würde sich bis zu ihrer Achsel erheben und ihren Hals küssen, den sie, seitdem sie ins Geschäft ging, frei ohne Band[4] oder Kragen trug.

»Herr Samsa!« rief der mittlere Herr dem Vater zu und zeigte, ohne ein weiteres Wort zu verlieren, mit dem Zeigefinger[5] auf den langsam sich vorwärtsbewegenden Gregor. Die Violine verstummte, der mittlere Zimmerherr lächelte erst einmal kopfschüttelnd seinen Freunden zu und sah dann wieder auf Gregor hin. Der Vater schien es für nötiger[6] zu halten, statt Gregor zu vertreiben, vorerst die Zimmerherren zu beruhigen, trotzdem diese gar nicht aufgeregt waren und Gregor sie mehr als das Violinspiel zu unterhalten schien. Er eilte zu ihnen und suchte sie mit ausgebreiteten Armen in ihr Zimmer zu drängen und gleichzeitig mit seinem Körper ihnen den Ausblick auf Gregor zu nehmen. Sie wurden nun tatsächlich[7] ein wenig böse, man wußte nicht mehr, ob über das Benehmen des Vaters oder über die ihnen jetzt aufgehende Erkenntnis, ohne es zu wissen, einen solchen Zimmernachbar[8] wie Gregor besessen zu haben. Sie verlangten vom Vater Erklärungen, hoben ihrerseits die

---

1. **anvertrauen**(V. h.): I. vertrauensvoll in die Obhut, Fürsorge eines anderen geben. *Er vertraute die Kinder seiner Schwester an.* (**svěřit**) II. jmdn. im Vertrauen wissen lassen. *Jmdm. seine Pläne anvertrauen.* (**svěřit**)

2. **Erklärung**(f. -, -en): I. das Erklären, Deuten, Begründen von etwas. *Ich habe keine Erklärung.* (**vysvětlení, vysvětlivka**) II. offizielle Mitteilung. *Die Erklärung einer Regierung.* (**prohlášení**)

3. **Rührung**(f. -, -en): innere Bewegung, Bewegtsein. *Etwas mit Rührung anhören.* (**pohnutí, dojetí**)

4. **Band**(n. -es, ä-er): schmaler Streifen aus Stoff. *Ein buntes Band.* (**stuha, tkanice**)

koje zároveň a na útočníka vyprskne; sestra však by u něho měla zůstat dobrovolně, měla by sedět na pohovce vedle něho, sklánět k němu ucho, a on se jí pak svěří, že měl napevno v úmyslu poslat ji na konzervatoř, a nepřijít mezitím to neštěstí, že by to byl loni o Vánocích – Vánoce už snad přece minuly? – všem pověděl a nic nedbal na žádné námitky. Po těchto slovech se sestra dojetím rozpláče a Řehoř se vztyčí až k jejímu rameni a políbí ji na krk, na němž od té doby, co chodí do obchodu, nenosí ani stuhu, ani límec.

„Pane Samso!" zvolal prostřední pán na otce a bez jediného dalšího slova ukázal prstem na Řehoře, který se pomalu sunul kupředu. Housle umlkly, prostřední pan nájemník se nejdřív usmál na své přátele potřásaje hlavou a pak se znovu zadíval na Řehoře. Otec, místo aby zahnal Řehoře, považoval zřejmě za potřebnější upokojit pány nájemníky, ačkoli ti se nijak nerozčilovali a Řehoř je podle všeho bavil víc než hra na housle. Otec k nim pospíšil a s rozpřaženýma rukama se je snažil zatlačit do jejich pokoje a zároveň jim tělem zakrýt dobrý výhled na Řehoře. Teď se opravdu trochu rozzlobili, nebylo už jasné, jestli kvůli otcovu chování nebo proto, že si teprve teď začali uvědomovat, že měli takového souseda jako Řehoř a nevěděli o tom. Požadovali od otce vysvětlení, sami také zvedali paže, neklidně si po-

---

5. **Zeigefinger**(m. -s, -): zweiter Finger der Hand vom Daumen aus. *Mit dem Zeigefinger auf etwas deuten.* (**ukazováček**)

6. **nötig**(Adj.): für einen bestimmten Zweck erforderlich. *Die nötige Zeit.* (**potřebný, nutný**)

7. **tatsächlich**(Adj.): den Tatsachen, der Wirklichkeit entsprechend. *Das ist der tatsächliche Grund für diese Entwicklung.* (**skutečný, opravdový**)

8. **Nachbar**(m. -s oder –n, -n): Person, die neben wohnt, deren Haus in der Nähe liegt. *Wir sind Nachbarn geworden.* (**soused**)

Arme, zupften unruhig an ihren Bärten und wichen[1] nur langsam gegen ihr Zimmer zurück. Inzwischen hatte die Schwester die Verlorenheit, in die sie nach dem plötzlich abgebrochenen Spiel verfallen[2] war, überwunden, hatte sich, nachdem sie eine Zeit lang in den lässig[3] hängenden Händen Violine und Bogen gehalten und weiter, als spiele sie noch, in die Noten gesehen hatte, mit einem Male aufgerafft[4], hatte das Instrument auf den Schoß der Mutter gelegt, die in Atembeschwerden mit heftig arbeitenden Lungen noch auf ihrem Sessel saß, und war in das Nebenzimmer gelaufen, dem sich die Zimmerherren unter dem Drängen des Vaters schon schneller näherten. Man sah, wie unter den geübten Händen der Schwester die Decken und Polster in den Betten in die Höhe flogen und sich ordneten. Noch ehe die Herren das Zimmer erreicht hatten, war sie mit dem Aufbetten fertig und schlüpfte[5] heraus. Der Vater schien wieder von seinem Eigensinn derartig ergriffen, daß er jeden Respekt vergaß, den er seinen Mietern immerhin schuldete. Er drängte nur und drängte, bis schon in der Tür des Zimmers der mittlere der Herren donnernd[6] mit dem Fuß aufstampfte und dadurch den Vater zum Stehen brachte. »Ich erkläre hiermit«, sagte er, hob die Hand und suchte mit den Blicken auch die Mutter und die Schwester, »daß ich mit Rücksicht auf die in dieser Wohnung und Familie herrschenden widerlichen Verhältnisse« -hiebei spie er kurz entschlossen auf den Boden – »mein Zimmer augenblicklich kündige[7]. Ich werde natürlich auch für die Tage, die ich hier gewohnt habe, nicht das Geringste bezahlen, dagegen werde ich es mir noch überlegen, ob ich nicht mit irgendwelchen – glauben Sie mir – sehr leicht

---

1. **zurückweichen**(V. i., i. i): einige Schritte zurücktreten. *Der Feind wich zurück.* (**ustoupit, couvnout**)
2. **verfallen**(V. ie., i. a): I. in einen bestimmten Zustand geraten. *In Schlaf verfallen.* (**upadnout do**) II. allmählich in sich zusammenfallen. *Sie ließen das Gebäude verfallen.* (**zpustnout, propadnout zkáze**)
3. **lässig**(Adj.): ungezwungen und ohne große Formlichkeit. *Lässige Haltung.* (**nedbalý, ležérní**)
4. **sich aufraffen**(V. h.): I. mühsam aufstehen. *Er raffte sich aber wieder auf.* (**vzchopit se**) II. sich mühsam zu etwas entschließen. *Er raffte sich endlich auf, den Brief zu schreiben.* (**odhodlat se**)

tahovali vousy a jen pomalu ustupovali k svému pokoji. Mezitím se sestra vytrhla ze zahloubání, do něhož upadla poté, co její hra byla tak nenadále přerušena, rázem se probrala po chvíli, kdy v ochable svěšených rukou držela housle a smyčec a zírala do not, jako by pořád ještě hrála, položila nástroj na klín matce, která stále ještě seděla na židli a v záchvatu dušnosti zprudka pracovala plícemi, a odběhla do vedlejšího pokoje, kam se už páni nájemníci za otcova naléhání rychleji blížili. Bylo vidět, jak pokrývky a polštáře na postelích jenom létají a srovnávají se v sestřiných zkušených rukou. Ještě než dorazili do svého pokoje, měla nastláno a vyklouzla ven. Otce patrně zas natolik posedla umíněnost, že zapomněl na všechen respekt, jímž byl svým nájemníkům přece jen povinován. Jen naléhal a naléhal, až prostřední z pánů již ve dveřích pokoje dunivě dupl nohou a tak otce zarazil. „Prohlašuji tímto," řekl, zvedl ruku a očima vyhledal též matku a sestru, „že vzhledem k odporným poměrům panujícím v tomto bytě a v této rodině" – přitom si zkrátka a rozhodně odplivl – „dávám okamžitou výpověď ze svého pokoje. Nehodlám ovšem ani za dny, kdy jsem tu bydlil, zaplatit to nejmenší, naopak si ještě zvážím, nevznesu-li proti vám nějaké – věřte mi – snadno odůvodnitelné požadavky." Odmlčel se a hleděl rovnou před sebe,

---

5. schlüpfen(V. h.): sich schnell und geschmeidig durch einen engen Raum hindurchbewegen. *Er schlüpfte durch den Spalt der Tür.* (**vklouznout**) Herausschlüpfen. (**vyklouznout**)

6. donnern(V. h.): I. bei einem Gewitter als Dönner hörbar werden. *Es hat geblitzt und gedonnert.* (**hřmět**) II. ein krachendes, polterndes Geräusch ertönen lassen. *Die Kanonen haben den ganzen Tag gedonnert.* (**burácet, dunět**)

7. kündigen(V. h.): eine vertragliche Vereinbahrung zu einem bestimmten Termin für beendet erklären. *Ich habe meinen Vertrag gekündigt.* (**vypovědět**)

zu begründenden Forderungen gegen Sie auftreten werde.« Er schwieg und sah gerade vor sich hin, als erwarte er etwas. Tatsächlich fielen sofort seine zwei Freunde mit den Worten ein: »Auch wir kündigen augenblicklich.« Darauf faßte er die Türklinke und schloß mit einem Krach die Tür.

Der Vater wankte[1] mit tastenden[2] Händen zu seinem Sessel und ließ sich in ihn fallen; es sah aus, als strecke er sich zu seinem gewöhnlichen Abendschläfchen, aber das starke Nicken[3] seines wie haltlosen Kopfes zeigte, daß er ganz und gar nicht schlief. Gregor war die ganze Zeit still auf dem Platz gelegen, auf dem ihn die Zimmerherren ertappt[4] hatten. Die Enttäuschung über das Mißlingen[5] seines Planes, vielleicht aber auch die durch das viele Hungern verursachte Schwäche machten es ihm unmöglich, sich zu bewegen. Er fürchtete mit einer gewissen Bestimmtheit schon für den nächsten Augenblick einen allgemeinen über ihn sich entladenden Zusammensturz[6] und wartete. Nicht einmal die Violine schreckte ihn auf, die, unter den zitternden Fingern der Mutter hervor, ihr vom Schoße fiel und einen hallenden[7] Ton von sich gab.

»Liebe Eltern«, sagte die Schwester und schlug zur Einleitung mit der Hand auf den Tisch, »so geht es nicht weiter. Wenn ihr das vielleicht nicht einsehet[8], ich sehe es ein. Ich will vor diesem Untier nicht den Namen meines Bruders aussprechen, und sage daher bloß: wir müssen versuchen, es loszuwerden. Wir haben das Menschenmögliche versucht, es zu pflegen und zu dulden, ich glaube, es kann uns niemand den geringsten Vorwurf[9] machen.«

---

1. wanken(V. i.): sich schwankend bewegen und umzufallen drohen. *Er ist durch die Straßen gewankt.* (**potácet se, vrávorat**)

2. tasten(V. h.): vorsichtig fühlende, suchende Bewegungen machen. *Er bewegte sich tastend zur Tür.* (**hmatat, tápat**)

3. nicken(V. h.): den Kopf mehrmals leicht und kurz senken und wieder heben. *Beifällig nicken.* (**kývat, přikývnout**)

4. ertappen(V. h.): jmdn. bei einem Tun überraschen. *Der Dieb wurde auf frischer Tat ertappt.* (**přistihnout**)

5. misslingen(V. misslang, i. misslungen): nicht so werden wie gewünscht. *Das Unternehmen ist misslungen.* (**nezdařit se**)

jako by na něco čekal. Skutečně oba jeho přátelé ihned vpadli: „I my dáváme okamžitou výpověď." Nato vzal za kliku a přibouchl za sebou dveře.

Tápaje rukama dopotácel se otec k své židli a klesl do ní; vypadalo to, že se chce natáhnout a trochu si jako obvykle zdřímnout, avšak prudké pokyvování jeho jakoby vratké hlavy svědčilo o tom, že vůbec nespí. Řehoř celou tu dobu zůstal zticha ležet na tom místě, kde ho páni nájemníci přistihli. Zklamáním z toho, že se mu jeho záměry nezdařily, možná i slabostí z tolikerého hladovění se nemohl ani hnout. Obával se s jakousi určitostí, že už v nejbližším okamžiku se na něj všechno zřítí, a čekal. Nelekl se ani houslí, které vypadly matce z třesoucích se prstů z klína a vydaly dunivý tón.

„Milí rodiče," řekla sestra a úvodem uhodila rukou do stolu, „takhle to dál nejde. Jestli vy to snad nechápete, já to chápu. Nechci před touto obludou vyslovovat jméno svého bratra a řeknu tedy jen: musíme se jí pokusit zbavit. Zkusili jsme vše, co je v lidských silách, abychom se o ni starali a trpělivě ji snášeli, myslím, že nám nikdo nemůže ani to nejmenší vytknout."

---

6. **Zusammensturz**(m. -es, ü-e): Einsturz. *Er fürchtete einen Zusammensturz.* (**sesutí, zřícení**)

7. **hallen**(V. h.): mit lautem, hohlem Klang weithin tönen. *Die Schritte hallen im Gang.* (**znít, dunět**)

8. **einsehen**(V. a., h. e): zur Erkenntnis, Einsicht kommen, dass etwas, was man nicht wahrhaben wollte, doch zutrifft. *Seinen Irrtum einsehen.* (**nahlížet, pochopit**)

9. **Vorwurf**(m. -(e)s, ü-e): Äußerung, mit der jmd. jmdm. etwas vorwirft. *Die Vorwürfe trafen ihn schwer.* (**výtka, výčitka**)

»Sie hat tausendmal Recht«, sagte der Vater für sich. Die Mutter, die noch immer nicht genug Atem finden konnte, fing in die vorgehaltene Hand mit einem irrsinnigen[1] Ausdruck der Augen dumpf zu husten an.

Die Schwester eilte zur Mutter und hielt ihr die Stirn. Der Vater schien durch die Worte der Schwester auf bestimmtere Gedanken gebracht zu sein, hatte sich aufrecht gesetzt, spielte mit seiner Dienermütze zwischen den Tellern, die noch vom Nachtmahl der Zimmerherren her auf dem Tische lagen, und sah bisweilen[2] auf den stillen Gregor hin.

» Wir müssen es loszuwerden suchen«, sagte die Schwester nun ausschließlich zum Vater, denn die Mutter hörte in ihrem Husten nichts, »es bringt[3] euch noch beide um, ich sehe es kommen. Wenn man schon so schwer arbeiten muß, wie wir alle, kann man nicht noch zu Hause diese ewige Quälerei[4] ertragen. Ich kann es auch nicht mehr. « Und sie brach so heftig in Weinen aus, daß ihre Tränen auf das Gesicht der Mutter niederflossen[5], von dem sie sie mit mechanischen Handbewegungen wischte.

»Kind«, sagte der Vater mitleidig[6] und mit auffallendem Verständnis, »was sollen wir aber tun?«

Die Schwester zuckte nur die Achseln zum Zeichen der Ratlosigkeit[7], die sie nun während des Weinens im Gegensatz zu ihrer früheren Sicherheit ergriffen hatte.

»Wenn er uns verstünde«, sagte der Vater halb fragend; die Schwester schüttelte aus dem Weinen heraus heftig die Hand zum Zeichen, daß daran nicht zu denken sei.

»Wenn er uns verstünde«, wiederholte[8] der Vater und nahm durch Schließen der Augen die Überzeugung[9] der Schwester

---

1. irrsinnig(Adj.): geistig gestört, so dass die Gedanken keinen Zusammenhang haben. *Die Folter hat ihn irrsinnig gemacht.* (**pomatený, šílený**)

2. umbringen(V. brachte um, h. umgebracht): gewaltsam ums Leben bringen. *Jmdn. mit Gift umbringen.* (**zabít, umořit**)

3. Quälerei(f. -, -en): anhaltendes Quällen. *Solche Quälerei kann ich nicht mehr ertragen.* (**trápení, soužení**)

4. fließen(V. floss, i. geflossen): sich gleichmäßig fortbewegen. *Blut floss aus der Wunde.* (**téci**)

„Má tisíckrát pravdu," řekl si otec pro sebe. Matka, která pořád ještě nemohla popadnout dech, se s pomateným výrazem v očích tlumeně rozkašlala do dlaně.

Sestra hned běžela k matce a položila jí ruku na čelo. Otce přivedla zřejmě sestřina slova na určitější myšlenky, napřímil se na židli, pohrával si se svou sluhovskou čepicí mezi talíři, které zůstaly na stole ještě od večeře pánů nájemníků, a chvílemi se podíval po tichém Řehořovi.

„Musíme se toho hledět zbavit," řekla teď sestra výslovně otci, neboť matka pro kašel neslyšela, „ještě vás oba umoří, vidím to už. Když jednou člověk musí tak těžce pracovat jako my všichni, nemůže mít přece doma tohle věčné soužení. Já už to také nevydržím." A rozplakala se tak usedavě, že jí slzy kanuly dolů na matčinu tvář, z níž je stírala mechanickými pohyby ruky.

„Milé dítě," řekl otec soucitně a s nápadným porozuměním, „co ale máme dělat?"

Sestra jen pokrčila rameny na znamení bezradnosti, jíž teď plačíc propadla přes všechnu dřívější jistotu.

„Kdyby nám rozuměl," řekl otec napolo tázavě; sestra v slzách prudce zatřepala rukou naznačujíc, že to nepřichází v úvahu.

„Kdyby nám rozuměl," opakoval otec a zamhouřením očí přijal sestřino přesvědčení, že je

---

5. **mitleidig**(Adj.): von Mitleid erfüllt. *Ein mitleidiges Lächeln.* (**soucitný**)

6. **Ratlosigkeit**(f. -, 0): Zustand des Ratlosseins. *In ihrer Ratlosigkeit lief sie zur Polizei.* (**bezradnost, rozpaky**)

7. **wiederholen**(V. wiederholte, h. wiederholt): noch einmal sagen oder tun. *Er wiederholte seine Worte.* (**opakovat**)

8. **Überzeugung**(f. -, -en): durch jmdn. oder durch eigene Erfahrung gewonnene Gewissheit. *Das war seine feste Überzeugung.* (**přesvědčení**)

von der Unmöglichkeit dessen in sich auf, »dann wäre vielleicht ein Übereinkommen[1] mit ihm möglich. Aber so -«

»Weg muß es«, rief die Schwester, »das ist das einzige Mittel, Vater. Du mußt bloß den Gedanken loszuwerden suchen, daß es Gregor ist. Daß wir es solange geglaubt haben, das ist ja unser eigentliches Unglück. Aber wie kann es denn Gregor sein? Wenn es Gregor wäre, er hätte längst eingesehen, daß ein Zusammenleben von Menschen mit einem solchen Tier nicht möglich ist, und wäre freiwillig fortgegangen[2]. Wir hätten dann keinen Bruder, aber könnten weiter leben und sein Andenken[3] in Ehren halten. So aber verfolgt uns dieses Tier, vertreibt die Zimmerherren, will offenbar die ganze Wohnung einnehmen und uns auf der Gasse[4] übernachten lassen. Sieh nur, Vater«, schrie sie plötzlich auf, » er fängt schon wieder an! « Und in einem für Gregor gänzlich unverständlichen Schrecken verließ die Schwester sogar die Mutter, stieß[5] sich förmlich von ihrem Sessel ab, als wollte sie lieber die Mutter opfern, als in Gregors Nähe bleiben, und eilte hinter den Vater, der, lediglich durch ihr Benehmen erregt, auch aufstand und die Arme wie zum Schutze[6] der Schwester vor ihr halb erhob.

Aber Gregor fiel es doch gar nicht ein, irgend jemandem und gar seiner Schwester Angst machen zu wollen. Er hatte bloß angefangen sich umzudrehen, um in sein Zimmer zurückzuwandern, und das nahm sich allerdings auffallend aus, da er infolge seines leidenden Zustandes bei den schwierigen Umdrehungen mit seinem Kopfe nachhelfen mußte, den er hierbei viele Male hob und gegen den Boden schlug. Er hielt[7] inne und sah sich um. Seine gute Absicht schien erkannt worden zu sein;

---

1. Übereinkommen(n. -s, -): Vertrag, Verabredung, Vereinbarung. *Stillschweigendes Übereinkommen.* (**dohoda, úmluva**)
2. fortgehen(V. ging fort, i. fortgegangen): weggehen, sich entfernen. *Er ging ohne Gruß fort.* (**odejít**)
3. Andenken(n. -s, -): Gedenken, Gedächtnis, Erinnerung. *Der Ring ist ein Andenken an meine Mutter.* (**vzpomínka, památka**)
4. Gasse(f. -, -n): schmale Straße zwischen zwei Reihen von Häusern. *Dunkle Gasse.* (**ulice, ulička**)

to nemožné, „bylo by snad možné nějak se s ním dohodnout. Ale takhle –"

„Pryč musí," zvolala sestra, „to je jediný prostředek, tatínku. Musíš jen přestat myslet na to, že je to Řehoř. Vždyť naše neštěstí je vlastně v tom, že jsme tomu tak dlouho věřili. Ale jakpak by to mohl být Řehoř? Kdyby to byl Řehoř, dávno by už uznal, že lidé nemohou žít pohromadě s takovým zvířetem, a byl by dobrovolně odešel. Neměli bychom pak bratra, ale mohli bychom dál žít a chovat v úctě jeho památku. Takhle nás ale to zvíře pronásleduje, vypudí pány nájemníky, chystá se zřejmě zabrat celý byt a nás nechat nocovat na ulici. Podívej se, tatínku," vyřkla najednou, „už zase začíná!" A v hrůze, Řehořovi docela nepochopitelné, opustila sestra dokonce i matku, doslova se odrazila od její židle, jako by raději chtěla matku obětovat než zůstat v Řehořově blízkosti, běžela se schovat za otce, který, rozčilen toliko jejím počínáním, rovněž vstal a napolo před sestrou zdvihl ruce, jako by ji chtěl bránit.

Ale Řehořovi přece ani nenapadlo někoho děsit, nejméně sestru. Začal se jen otáčet, aby se mohl odsunout zpátky do svého pokoje, a působilo to ovšem nápadně, poněvadž si ve svém zbědovaném stavu musel při obtížných obratech pomáhat hlavou, kterou při tom několikrát zvedl a uhodil jí o zem. Zarazil se a rozhlédl. Zdálo se,

---

5. abstoßen(V. ie., h. o): wegstoßen, durch Gegenstoß in Schwung bringen. *Er stößt mich ab.* (**odrazit, odstrčit**) II. Sich abstoßen(**odrazit se, odstrčit se**)

6. Schutz(m. -es, -): etwas, was eine Gefährdung abhält oder einen Schaden abwehrt. *Unter dem Schutz der Polizei verließ er das Stadion.* (**ochrana**)

7. innehalten(V. hielt inne, h. innehalten): mit etwas für kürzere Zeit plötzlich aufhören. *In der Arbeit innehalten.* (**přestat, ustat**)

es war nur ein augenblicklicher Schrecken gewesen. Nun sahen ihn alle schweigend und traurig an. Die Mutter lag, die Beine ausgestreckt und aneinandergedrückt, in ihrem Sessel, die Augen fielen ihr vor Ermattung[1] fast zu; der Vater und die Schwester saßen nebeneinander, die Schwester hatte ihre Hand um des Vaters Hals gelegt.

»Nun darf ich mich schon vielleicht umdrehen«, dachte Gregor und begann seine Arbeit wieder. Er konnte das Schnaufen der Anstrengung nicht unterdrücken[2] und mußte auch hie und da ausruhen. Im übrigen drängte ihn auch niemand, es war alles ihm selbst überlassen[3]. Als er die Umdrehung vollendet hatte, fing er sofort an, geradeaus zurückzuwandern. Er staunte über die große Entfernung, die ihn von seinem Zimmer trennte, und begriff gar nicht, wie er bei seiner Schwäche vor kurzer Zeit den gleichen Weg, fast ohne es zu merken, zurückgelegt hatte. Immerfort nur auf rasches Kriechen bedacht, achtete[4] er kaum darauf, daß kein Wort, kein Ausruf seiner Familie ihn störte. Erst als er schon in der Tür war, wendete er den Kopf, nicht vollständig, denn er fühlte den Hals steif[5] werden, immerhin sah er noch, daß sich hinter ihm nichts verändert hatte, nur die Schwester war aufgestanden. Sein letzter Blick streifte die Mutter, die nun völlig eingeschlafen war.

Kaum war er innerhalb seines Zimmers, wurde die Tür eiligst zugedrückt, festgeriegelt und versperrt. Über den plötzlichen Lärm hinter sich erschrak Gregor so, daß ihm die Beinchen einknickten. Es war die Schwester, die sich so beeilt hatte. Aufrecht war sie schon da gestanden und hatte gewartet, leichtfüßig[6] war sie dann vorwärtsgesprungen, Gregor hatte sie

---

1. Ermattung(f. -, -en): das Ermatten, Mattheit. *Ohne Ermattung arbeiten.* (**únava, zemdlení**)

2. unterdrücken(V. h.): I. Gefühläußerungen, Laute zurückhalten. *Er unterdrückte seinen Zorn nur mit Mühe.* (**potlačit**) II. mit Gewalt niederhalten. *Einen Aufstand unterdrücken.* (**utlačovat, utiskovat**)

3. überlassen(V. h.): I. jmdm. etwas ganz oder zeitweise zur Verfügung stellen. *Er hat uns seine Wohnung überlassen.* (**přenechat**) II. jmdm. etwas entscheiden, tun lassen, ohne sich einzumischen. *Die Wahl überlasse ich dir.* (**přenechat, ponechat**)

že poznali jeho dobrý úmysl; bylo to jen chvilkové leknutí. Teď se na něj všichni mlčky a smutně dívali. Matka ležela na židli s nohama těsně u sebe nataženýma, oči se jí zemdlením skoro zavíraly; otec a sestra seděli vedle sebe, sestra měla ruku položenou kolem otcova krku.

Teď už se snad smím otočit, pomyslel si Řehoř a dal se znovu do práce. Nemohl potlačit funění z té námahy a také si chvílemi musel odpočinout. Ostatně na něj nikdo nenaléhal, všechno nechávali na něm. Jak dokončil obrat, ihned se vydal rovnou zpátky. Užasl nad tou značnou vzdáleností, která ho dělila od jeho pokoje, a vůbec nechápal, že tak slabý, jak je, urazil před chvílí touž cestu, aniž to skoro pozoroval. Myslel neustále jen na to, aby lezl rychle, a tak si sotva všiml, že ho rodina ani jediným slovem, ani jediným výkřikem nevyrušuje. Teprve ve dveřích otočil hlavu, ne docela, cítil totiž, jak mu tuhne krk, ale přesto ještě zahlédl, že se za ním nic nezměnilo, jen sestra vstala. Posledním pohledem zavadil o matku, která teď už docela usnula.

Sotva se ocitl uvnitř ve svém pokoji, dveře za ním se s největší rychlostí přibouchly, zástrčka i zámek zapadly. Nenápadný hluk za zády Řehoře tak vylekal, až mu nožičky podklesly. To sestra si tak pospíšila. Vstala už a čekala, pak hbitě přiskočila, Řehoř ani neslyšel, jak se blíží, a „Konečně!"

---

4. achten(V. h.): I. Rücksicht auf etwas nehmen. *Er achtete nicht auf den Sturm.* (**dbát**) II. jmdm. gegenüber Achtung empfinden. *Ich achte ihn sehr.* (**vážit si**)

5. steif(Adj.): I. so beshaffen, dass es nicht leicht gebogen werden kann. *Ein steifer Hut.* (**tuhý**) II. (von Gelenken): von verminderter oder nicht mehr bestehender Beweglichkeit. *Ein steifer Hals.* (**tuhý, nepoddajný**)

6. leichtfüßig(Adj.): flink. *Er ist leichtfüßig gesprungen.* (**lehkonohý, hbitý**)

gar nicht kommen hören, und ein »Endlich!« rief sie den Eltern zu, während sie den Schlüssel[1] im Schloß umdrehte.

»Und jetzt?« fragte sich Gregor und sah sich im Dunkeln um. Er machte bald die Entdeckung[2], daß er sich nun überhaupt nicht mehr rühren konnte. Er wunderte sich darüber nicht, eher kam es ihm unnatürlich vor, daß er sich bis jetzt tatsächlich mit diesen dünnen[3] Beinchen hatte fortbewegen können. Im übrigen fühlte er sich verhältnismäßig[4] behaglich. Er hatte zwar Schmerzen im ganzen Leib, aber ihm war, als würden sie allmählich schwächer und schwächer und würden schließlich ganz vergehen. Den verfaulten Apfel in seinem Rücken und die entzündete[5] Umgebung, die ganz von weichem Staub bedeckt waren, spürte er schon kaum. An seine Familie dachte er mit Rührung und Liebe zurück. Seine Meinung darüber, daß er verschwinden müsse, war womöglich noch entschiedener, als die seiner Schwester. In diesem Zustand leeren und friedlichen Nachdenkens blieb er, bis die Turmuhr die dritte Morgenstunde schlug. Den Anfang des allgemeinen Hellerwerdens draußen vor dem Fenster erlebte er noch. Dann sank sein Kopf ohne seinen Willen gänzlich nieder, und aus seinen Nüstern[6] strömte sein letzter Atem schwach hervor.

Als am frühen Morgen die Bedienerin kam – vor lauter Kraft und Eile schlug sie, wie oft man sie auch schon gebeten hatte, das zu vermeiden, alle Türen derartig zu, daß in der ganzen Wohnung von ihrem Kommen an kein ruhiger Schlaf mehr möglich war–, fand sie bei ihrem gewöhnlichen kurzen Besuch an Gregor zuerst nichts Besonderes. Sie dachte, er liege absichtlich[7] so unbeweglich da und spiele den Beleidigten[8]; sie traute ihm allen möglichen Verstand zu. Weil sie zufällig den

---

1. **Schlüssel**(m. -s, -): I. Gegenstand zum Öffnen und Schließen eines Schlosses. *Den Schlüssel in die Tasche stecken.* (**klíč**) II. Sachverhalt, die der Erklärung für etwas sonst nicht Verständliches liefert. *Dieser Brief war der Schlüssel zum Verständnis seines Verhaltens.* (**návod, klíč**)
2. **Entdeckung**(f. -, -en): das Entdecken. *Das Zeitalter der Entdeckungen.* (**objev, zjištění**)
3. **dünn**(Adj.): von geringem Umfang, Durchmesser. *Sie ist dünn.* (**slabý, tenký**)
4. **verhältnismäßig**(Adv.): im Verhältnis zu etwas anderem. *Diese Arbeit geht verhältnismäßig schnell.* (**poměrně**)

zvolala na rodiče, otáčejíc klíčem v zámku.

„A teď?" zeptal se Řehoř sám sebe a rozhlédl se potmě kolem. Brzy zjistil, že se teď už vůbec nemůže ani hnout. Nedivil se tomu, spíš mu připadalo nepřirozené, že se na těch tenkých nožičkách mohl opravdu až dosud pohybovat. Jinak se cítil poměrně dobře. Bolelo ho sice celé tělo, ale měl pocit, že bolesti budou asi zvolna slábnout a nakonec úplně pominou. Sotva už cítil shnilé jablko v zádech i zanícené místo okolo, úplně pokryté měkkým prachem. Na rodinu vzpomínal s dojetím a láskou. O tom, že musí zmizet, byl přesvědčen pokud možno ještě pevněji než sestra. V tomto stavu prázdného a pokojného rozjímání setrval až do chvíle, kdy na věži odbila třetí hodina ranní. Když všude venku za oknem počalo svítat, byl ještě naživu. Pak mu hlava sama od sebe docela poklesla a z chřípí mu slabě unikl poslední dech.

Když časně ráno přišla posluhovačka – samou vervou a spěchem, přestože ji už často prosili, aby to nedělala, tolik bouchala dveřmi, že jak přišla, nedalo se už v celém bytě klidně spát –, neshledala při své obvyklé krátké návštěvě na Řehořovi nic zvláštního. Myslela, že leží naschvál tak nehnutě a hraje si na uraženého; vždycky si myslela, že je schopen všelijakých nápadů. Protože držela náhodou v ruce dlouhý smeták, chtěla jím Řehoře ode dveří polechtat. Když to bylo bez výsledku,

---

5. **sich entzünden**(V. h.): I. in Brand geraten. *Das Heu hat sich entzündet.* (**vznítit se**) II. sich auf einen schädigenden Reiz hin schmerzend röten und anschwellen. *Die Wunde hat sich entzündet.* (**zanítit se**)

6. **Nüster**(f. -, -n, meist in Pluralform): Nasenloch bei den Menschen und Pferden. *Aus den Nüstern des Pferdes strömte sein Atem hervor.* (**nozdry, chřípí**)

7. **absichtlich**(Adj.): mit Absicht, mit Willen. *Das hast du absichtlich getan.* (**úmyslný**)

8. **beleidigen**(V. h.): jmdn. in seiner Ehre verletzen. *Mit diesen Worten hat er ihn tief beleidigt.* (**urazit**)

langen Besen in der Hand hielt, suchte sie mit ihm Gregor von der Tür aus zu kitzeln[1]. Als sich auch da kein Erfolg zeigte, wurde sie ärgerlich und stieß ein wenig in Gregor hinein, und erst als sie ihn ohne jeden Widerstand von seinem Platze geschoben hatte, wurde sie aufmerksam. Als sie bald den wahren[2] Sachverhalt[3] erkannte, machte sie große Augen, pfiff[4] vor sich hin, hielt sich aber nicht lange auf, sondern riß die Tür des Schlafzimmers auf und rief mit lauter Stimme in das Dunkel hinein: »Sehen Sie nur mal an, es ist krepiert[5]; da liegt es, ganz und gar krepiert! «

Das Ehepaar Samsa saß im Ehebett aufrecht da und hatte zu tun, den Schrecken über die Bedienerin zu verwinden, ehe es dazu kam, ihre Meldung[6] aufzufassen. Dann aber stiegen Herr und Frau Samsa, jeder auf seiner Seite, eiligst aus dem Bett, Herr Samsa warf die Decke über seine Schultern, Frau Samsa kam nur im Nachthemd hervor; so traten sie in Gregors Zimmer. Inzwischen hatte sich auch die Tür des Wohnzimmers geöffnet, in dem Grete seit dem Einzug der Zimmerherren schlief; sie war völlig angezogen, als hätte sie gar nicht geschlafen, auch ihr bleiches[7] Gesicht schien das zu beweisen. »Tot?« sagte Frau Samsa und sah fragend zur Bedienerin auf, trotzdem sie doch alles selbst prüfen und sogar ohne Prüfung erkennen konnte. »Das will ich meinen«, sagte die Bedienerin und stieß zum Beweis Gregors Leiche mit dem Besen noch ein großes Stück seitwärts[8]. Frau Samsa machte eine Bewegung, als wolle sie den Besen zurückhalten, tat es aber nicht. »Nun«, sagte Herr Samsa, »jetzt können wir Gott danken. « Er bekreuzte sich, und die drei Frauen folgten seinem Beispiel. Grete, die kein Auge

---

1. kitzeln(V. h.): jmdn. wiederholt an einer bestimmten Stelle des Körpers berühren, was meist einen Lachreiz hervorruft. *Jmdn. an den Fußsohlen kitzeln.* (**lehtat, šimrat**)

2. wahr(Adj.): der Wahrheit, der Wirklichkeit entsprechend. *Eine wahre Geschichte.* (**pravdivý, opravdový**)

3. Sachverhalt(m. -(e)s, -e): Stand der Dinge. *Bei diesem Unfall soll der wahre Sachverhalt noch geklärt werden.* (**stav věci**)

4. pfeifen(V. pfiff, h. gepfiffen): einen Pfeiffton hervorbringen. *Laut pfeifen.* (**pískat, hvízdat**)

5. krepieren(V. h.): I. (ung.) elend sterben, verenden. (**pojít, zdechnout**)

rozzlobila se a trochu do Řehoře šťouchla, a teprve když ho bez veškerého odporu odsunula z místa, zpozorněla. Když pak brzy poznala, jak se věci mají, vyvalila oči, zahvízdala, dlouho však nemeškala, nýbrž prudce otevřela dveře do ložnice a hlasitě zavolala do tmy: „Pojďte se podívat, ono to chcíplo; leží to tam dočista chcíplé!"

Manželé Samsovi se vztyčili v manželské posteli, a než si vůbec uvědomili, co jim hlásí, měli co dělat, aby se vzpamatovali z leknutí, jež jim posluhovačka způsobila. Pak ale pan a paní Samsovi honem vylezli každý svou stranou postele ven, pan Samsa si přehodil přes ramena přikrývku, paní Samsová vyšla jen v noční košili; takto vstoupili do Řehořova pokoje. Mezitím se otevřely i dveře obývacího pokoje, kde od té doby, co se přistěhovali páni nájemníci, spávala Markétka; byla úplně oblečená, jako kdyby vůbec nespala, i její bledý obličej tomu nasvědčoval. „Mrtev?" řekla paní Samsová a tázavě se podívala na posluhovačku, ačkoliv se přece sama mohla o všem přesvědčit, ba dokonce to mohla poznat i bez přesvědčování. „To si myslím," řekla posluhovačka a na důkaz postrčila Řehořovu mrtvolu ještě pěkný kus stranou. Paní Samsová udělala pohyb, jako by chtěla koště zadržet, ale neučinila to. „Nuže," řekl pan Samsa, „teď můžeme poděkovat Pánubohu." Pokřižoval se a všechny tři že-

---

II. durch Zündung eines Sprengstoffs zerplatzen. *Die Granaten krepierten.* (**vybuchnout**)

6. Meldung(f. -, -en): etwas, was der Öffentlichkeit zur Kenntnis gebracht wird. *Eine wichtige Meldung.* (**hlášení**)

7. bleich(Adj.): sehr blaß und ohne natürliche Farbe. *Ein bleiches Gesicht.* (**bledý**)

8. seitwärts I. (Adv.): nach der Seite. *Den Schrank etwas seitwärts schieben.* (**stranou**) II. (Präp. mit Gen.): an der Stelle von. *Seitwärts der Straße stehen.* (**vedle**)

von der Leiche wendete, sagte: »Seht nur, wie mager[1] er war. Er hat ja auch schon so lange Zeit nichts gegessen. So wie die Speisen hereinkamen, sind sie wieder hinausgekommen.« Tatsächlich war Gregors Körper vollständig flach[2] und trocken, man erkannte das eigentlich erst jetzt, da er nicht mehr von den Beinchen gehoben war und auch sonst nichts den Blick ablenkte.

»Komm, Grete, auf ein Weilchen zu uns herein«, sagte Frau Samsa mit einem wehmütigen[3] Lächeln, und Grete ging, nicht ohne nach der Leiche zurückzusehen, hinter den Eltern in das Schlafzimmer. Die Bedienerin schloß die Tür und öffnete gänzlich das Fenster. Trotz des frühen Morgens war der frischen Luft schon etwas Lauigkeit beigemischt. Es war eben schon Ende März.

Aus ihrem Zimmer traten die drei Zimmerherren und sahen sich erstaunt nach ihrem Frühstück um; man hatte sie vergessen. »Wo ist das Frühstück?« fragte der mittlere der Herren mürrisch[4] die Bedienerin. Diese aber legte den Finger an den Mund und winkte dann hastig und schweigend den Herren zu, sie möchten in Gregors Zimmer kommen. Sie kamen auch und standen dann, die Hände in den Taschen ihrer etwas abgenützten[5] Röckchen, in dem nun schon ganz hellen Zimmer um Gregors Leiche herum.

Da öffnete sich die Tür des Schlafzimmers, und Herr Samsa erschien in seiner Livree[6] an einem Arm seine Frau, am anderen seine Tochter. Alle waren ein wenig verweint[7]; Grete drückte bisweilen ihr Gesicht an den Arm des Vaters.

»Verlassen Sie sofort meine Wohnung« sagte Herr Samsa und zeigte auf die Tür, ohne die Frauen von sich zu lassen.

---

1. mager(Adj.): I. wenig Fleisch am Körper habend. *Er ist jetzt richtig mager.* (**hubený**) II. wenig oder gar kein Fett habend (in Bezug auf Fleich als Nahrungsmittel). *Manche mögen mageres, andere fettes Fleisch.* (**libový**)

2. flach(Adj.): I. ohne größere Erhebung oder Vertiefung, in der Breite ausgedehnt. *Er musste sich flach hinlegen.* (**rovný, plochý**) II. nicht sehr tief. *Ein flacher Teller.* (**mělký**)

3. wehmütig(Adj.): von Wehmut erfüllt oder geprägt. *Wehmütig dachte er an diese Zeit.* (**žalostný, bolný**)

ny to udělaly po něm. Markétka, která nespouš-
těla z mrtvoly oči, řekla: „Podívejte, jak byl hubený. Však také tak dlouho nic nejedl. Jak sem jídla přicházela, tak zase odcházela." Opravdu bylo Řehořovo tělo úplně placaté a suché, vlastně teprve teď to bylo vidět, když už je nezvedaly nožičky a ani nic jiného neodvádělo pozornost.

„Pojď, Markétko, na chvilku sem k nám," řekla
paní Samsová s bolným úsměvem a Markétka šla
za rodiči do ložnice a neopomněla se ohlédnout
po mrtvole. Ačkoli bylo časně ráno, mísilo se už
do čerstvého vzduchu cosi vlahého. Však už byl
konec března.

Ze svého pokoje vyšli tři páni nájemníci a s údivem se ohlíželi po snídani: zapomnělo se na ně.
„Kde je snídaně?" zeptal se prostřední pán nevrle
posluhovačky. Ta však přiložila prst na ústa a po-
kynula pak chvatně a mlčky pánům, aby se šli podívat do Řehořova pokoje. Šli tedy a stáli pak
v úplně už jasném pokoji s rukama v kapsách
svých poněkud obnošených kabátků kolem Řehořovy mrtvoly.

Vtom se otevřely dveře do ložnice a objevil se
pan Samsa v livreji, z jedné strany byla do něho
zavěšena jeho žena, z druhé dcera. Všichni byli
trochu uplakaní; Markétka chvílemi tiskla tvář na
otcovo rámě.

„Okamžitě opusťte můj byt!" řekl pan Samsa
a ukázal na dveře, drže stále ženy při sobě. „Jak

---

4. **mürrisch**(Adj.): Unzufriedenheit durch eine abweisende Art erkennen
lassen. *Er macht ein mürrisches Gesicht.* (**mrzutý, nevrlý**)
5. **abnützen**(V. h.): durch Gebrauch in Wert und Brauchbarkeit mindern.
Die Möbel sind sehr abgenützt. (**opotřebovat**)
6. **Livree**(f. -, -reen): uniformartige Kleidung für Bedienstete. *Seine
Livree war sehr schön.* (**livrej**)
7. **verweint**(Adj.): vom Weinen gerötet, geschwollen. *Verweinte Augen
haben.* (**uplakaný**)

»Wie meinen Sie das?« sagte der mittlere der Herren etwas bestürzt[1] und lächelte süßlich[2]. Die zwei anderen hielten die Hände auf dem Rücken und rieben sie ununterbrochen aneinander, wie in freudiger[3] Erwartung eines großen Streites, der aber für sie günstig ausfallen mußte. »Ich meine es genau so, wie ich es sage«, antwortete Herr Samsa und ging in einer Linie[4] mit seinen zwei Begleiterinnen auf den Zimmerherrn zu. Dieser stand zuerst still da und sah zu Boden, als ob sich die Dinge in seinem Kopf zu einer neuen Ordnung zusammenstellten. »Dann gehen wir also«, sagte er dann und sah zu Herrn Samsa auf, als verlange er in einer plötzlich ihn überkommenden Demut sogar für diesen Entschluß eine neue Genehmigung[5]. Herr Samsa nickte ihm bloß mehrmals kurz mit großen Augen zu. Daraufhin ging der Herr tatsächlich sofort mit langen Schritten ins Vorzimmer; seine beiden Freunde hatten schon ein Weilchen lang mit ganz ruhigen Händen aufgehorcht[6] und hüpften ihm jetzt geradezu nach, wie in Angst, Herr Samsa könnte vor ihnen ins Vorzimmer eintreten und die Verbindung[7] mit ihrem Führer stören. Im Vorzimmer nahmen alle drei die Hüte vom Kleiderrechen, zogen ihre Stöcke aus dem Stockbehälter, verbeugten sich stumm und verließen die Wohnung. In einem, wie sich zeigte, gänzlich unbegründeten Mißtrauen[8] trat Herr Samsa mit den zwei Frauen auf den Vorplatz hinaus; an das Geländer gelehnt, sahen sie zu, wie die drei Herren zwar langsam, aber ständig die lange Treppe hinunterstiegen, in jedem Stockwerk in einer bestimmten Biegung des Treppenhauses[9] verschwanden und nach ein paar Augenblicken wieder hervorkamen; je tiefer sie gelangten, desto mehr verlor sich das

---

1. bestürzen(V. h.): erschrecken, aus Fassung bringen. *Die Nachricht hat mich tief bestürzt.* (**zarazit, polekat**)

2. süßlich(Adj.): auf oft etwas unangenehme Weise süß. *Ein süßlicher Geruch.* (**nasládlý**)

3. freudig(Adj.): voll Freude. *Die Kinder waren in freudiger Erwartung.* (**radostný**)

4. Linie(f. -, -n): I. längerer Strich. *Linien ziehen.* (**čára**) II. eine Anzahl von Personen, Dingen, die in einer Richtung nebeneinander stehen. *In einer Linie stehen.* (**řada**)

5. Genehmigung(f. -, en): das Genehmigen. *Eine Genehmigung erhalten.* (**schválení**)

to myslíte?" zeptal se prostřední pán trochu zaraženě a nasládle se usmál. Druzí dva drželi ruce za zády a neustále si je mnuli jako v očekávání velké hádky, která však musela pro ně dopadnout nepříznivě. „Myslím to přesně tak, jak to říkám," odpověděl pan Samsa a v jedné řadě se svými průvodkyněmi kráčel přímo k panu nájemníkovi. Ten nejdřív tiše stál a díval se do země, jako by se mu věci v hlavě nějak nově pořádaly. „Pak tedy půjdeme," řekl potom a vzhlédl k panu Samsovi, jako by v náhlém návalu pokory čekal i k tomuto rozhodnutí nový souhlas. Pan Samsa na něho jen několikrát krátce zamrkal vypoulenýma očima. Nato pán skutečně ihned zamířil dlouhými kroky do předsíně; oba jeho přátelé už nějakou chvíli naslouchali s docela klidnýma rukama a teď za ním přímo poskočili, jako by se báli, že by pan Samsa třeba mohl vkročit do předsíně dříve než oni a přerušit jejich spojení s vůdcem. V předsíni všichni tři sundali z věšáku klobouky, ze stojanu vytáhli hole, mlčky se uklonili a opustili byt. V jakési nedůvěře, zcela zbytečné, jak se ukázalo, vyšel pan Samsa s oběma ženami na chodbu; opřeni o zábradlí dívali se, jak tři páni pomalu sice, avšak bez zastavení sestupují po dlouhých schodech, v každém patře v určitém zákrutu schodiště mizí a po několika okamžicích se znovu vynoří; čím hloub se dostávali, tím více mizel zájem ro-

---

6. **aufhorchen**(V. h.): plötzlich interessiert hinzuhören beginnen. *Ich horchte auf, als ich den Namen vernahm.* (**napnout sluch, naslouchat**)

7. **Verbindung**(f. -, -en): das Verbinden, das, was verbindet, Vereinigung. *Ich habe die Verbindung zu ihm schon lange abgebrochen.* (**spojení, styk, sloučení**)

8. **Misstrauen**(n. -s, 0): skeptisch-argwöhnische Einstellung jmdm. /einer Sache gegenüber. *Tiefes Misstrauen erfüllte ihn.* (**nedůvěra**)

9. **Treppenhaus**(n. -es, äu-er): Raum für Treppen im Hause. *Ein Stockwerk des Treppenhauses.* (**schodiště**)

Interesse der Familie Samsa für sie, und als ihnen entgegen und dann hoch über sie hinweg ein Fleischergeselle[1] mit der Trage auf dem Kopf in stolzer Haltung heraufstieg, verließ bald Herr Samsa mit den Frauen das Geländer, und alle kehrten, wie erleichtert, in ihre Wohnung zurück.

Sie beschlossen, den heutigen Tag zum Ausruhen und Spazierengehen zu verwenden[2]; sie hatten diese Arbeitsunterbrechung nicht nur verdient, sie brauchten sie sogar unbedingt. Und so setzten sie sich zum Tisch und schrieben drei Entschuldigungsbriefe, Herr Samsa an seine Direktion, Frau Samsa an ihren Auftraggeber[3], und Grete an ihren Prinzipal[4]. Während des. Schreibens kam die Bedienerin herein um zu sagen, daß sie fortgehe, denn ihre Morgenarbeit war beendet. Die drei Schreibenden nickten zuerst bloß, ohne aufzuschauen, erst als die Bedienerin sich immer noch nicht entfernen wollte, sah man ärgerlich auf. »Nun?« fragte Herr Samsa. Die Bedienerin stand lächelnd in der Tür, als habe sie der Familie ein großes Glück zu melden, werde es aber nur dann tun, wenn sie gründlich ausgefragt[5] werde. Die fast aufrechte kleine Straußfeder[6] auf ihrem Hut, über die sich Herr Samsa schon während ihrer ganzen Dienstzeit ärgerte, schwankte leicht nach allen Richtungen. »Also was wollen Sie eigentlich?« fragte Frau Samsa, vor welcher die Bedienerin noch am meisten Respekt hatte. »Ja«, antwortete die Bedienerin und konnte vor freundlichem Lachen nicht gleich weiter reden, »also darüber, wie das Zeug[7] von nebenan weggeschafft werden soll, müssen Sie sich keine Sorge machen. Es ist schon in Ordnung.« Frau Samsa und Grete beugten sich zu ihren Briefen nieder, als woll-

---

1. Geselle(m. -n, -n): I. Handwerker, der seine Lehre mit einer Prüfung abgeschlossen hat. *Der Meister beschäftigt zwei Gesellen.* (**tovaryš**)
II. Mann (in einer bestimmter Charakterisierung durch den Sprecher). *Das ist ein ganz lustiger Geselle.* (**chlapík**)
2. verwenden(V. verwandte/verwendet, h. verwandt/verwendet): für einen bestimmten Zweck nutzen, anwenden. *Er verwendet das Buch im Unterricht.* (**použít, využít**)
3. Auftraggeber(m. -s, -): Person, die einen Auftrag erteilt. *Mein Auftraggeber.* (**objednavatel, zákazník**)

diny Samsovy o ně, a když proti nim a pak vzhůru kolem nich hrdě vzpřímen stoupal řeznický tovaryš s nosítky na hlavě, opustil pan Samsa s ženami zábradlí a všichni se jaksi s úlevou vrátili do bytu.

Rozhodli se, že dnešního dne užijí k odpočinku a procházce; nejen že si takovou přestávku v práci zasluhovali, dokonce ji nezbytně potřebovali. A tak sedli ke stolu a napsali tři omluvné dopisy, pan Samsa svému ředitelství, paní Samsová svému objednavateli a Markétka svému šéfovi. Zatímco psali, přišla jim posluhovačka oznámit, že odchází, neboť je ranní práce hotova. Všichni tři píšící nejdříve jen kývli, ani nezvedli hlavu, teprve když se posluhovačka pořád ještě neměla k odchodu, mrzutě vzhlédli. „Nuže?" zeptal se pan Samsa. Posluhovačka stála ve dveřích a usmívala se, jako by měla pro rodinu náramně šťastnou zprávu, oznámí ji však jen tehdy, když se jí budou hodně vyptávat. Malé, skoro zpříma stojící pštrosí péro na klobouku, jež pana Samsu zlobilo už celou dobu, co u nich sloužila, kývalo se lehce na všechny strany. „Tak co vlastně chcete?" zeptala se paní Samsová, k níž měla posluhovačka největší respekt. „Jo," odpověděla posluhovačka a pro přívětivý smích nemohla z místa, „tak s odklizením tamtoho si nemusíte dělat starosti. Už je to v pořádku." Paní Samsová a Markétka se sklo-

---

4. Prinzipal(m. -s, -e)(veraltet): Geschäftsinhaber. (**majitel obchodu**)

5. ausfragen(V. h.): jmdn. anhaltend, eingehend nach etwas fragen. *Er wird gründlich ausgefragt.* (**vyptávat se, dotazovat se**)

6. Feder(f. -, -n): I. Gebilde, das in großen Zahl auf dem Körper der Vögel wächst. *Ein mit Federn gefülltes Kissen.* (**pero**) II. spitzer Gegenstand zum Schreiben. *Mit einer spitzen Feder schreiben.* (**péro**)

7. Zeug(n. -s, -e): (ohne Plural) etwas, dem man keinen besonderen Wert beimisst, was man für unbrauchbar hält. *Das alte Zeug kauft dir doch niemand ab.* (**krámy, bezcenná věc**)

ten sie weiterschreiben; Herr Samsa, welcher merkte, daß die Bedienerin nun alles ausführlich zu beschreiben anfangen wollte, wehrte[1] dies mit ausgestreckter Hand entschieden ab. Da sie aber nicht erzählen durfte, erinnerte sie sich an die große Eile, die sie hatte, rief offenbar beleidigt: »Adjes allseits«, drehte sich wild um und verließ unter fürchterlichem[2] Türezuschlagen die Wohnung.

»Abends wird sie entlassen«, sagte Herr Samsa, bekam aber weder von seiner Frau, noch von seiner Tochter eine Antwort, denn die Bedienerin schien ihre kaum gewonnene Ruhe wieder gestört zu haben. Sie erhoben sich, gingen zum Fenster und blieben dort, sich umschlungen[3] haltend. Herr Samsa drehte sich in seinem Sessel nach ihnen um und beobachtete sie still ein Weilchen. Dann rief er: »Also kommt doch her. Laßt schon endlich die alten Sachen. Und nehmt auch ein wenig Rücksicht auf mich.« Gleich folgten ihm die Frauen, eilten zu ihm, liebkosten[4] ihn und beendeten rasch ihre Briefe. Dann verließen alle drei gemeinschaftlich die Wohnung, was sie schon seit Monaten nicht getan hatten, und fuhren mit der Elektrischen ins Freie[5] vor die Stadt. Der Wagen, in dem sie allein saßen, war ganz von warmer Sonne durchschienen[6]. Sie besprachen, bequem auf ihren Sitzen zurückgelehnt, die Aussichten für die Zukunft, und es fand sich, daß diese bei näherer Betrachtung durchaus nicht schlecht waren, denn aller drei Anstellungen waren, worüber sie einander eigentlich noch gar nicht ausgefragt hatten, überaus günstig und besonders für später vielversprechend[7]. Die größte augenblickliche Besserung der Lage[8] mußte sich natürlich leicht durch einen Wohnungswechsel

---

1. **abwehren**(V. h.): I. sich mit Erfolg gegen etwas wehren. *Eine Gefahr abwehren.* (**ubránit se**) II. ablehnend reagieren. *Erschrocken wehrte er es ab.* (**odmítnout**)
2. **fürchterlich**(Adj.): sehr schlimm. *Ein fürchterliches Unglück.* (**strašný, hrozný**)
3. **umschlingen**(V. umschlang, h. umschlingen): jmdn. umarmen, umfassen. *Das Kind umschlang den Hals der Mutter.* (**obejmout**)
4. **liebkosen**(V. h.): jmdn. streicheln, zärtlich zu jmdm. sein. *Die Mutter liebkoste das Kind.* (**laskat se, chlácholit**)

nily k svým dopisům, jako by chtěly psát dál; pan Samsa, který zpozoroval, že se posluhovačka chystá všechno dopodrobna popisovat, ji napřaženou rukou rozhodně zarazil. A že nesměla vyprávět, vzpomněla si, jaký má veliký spěch, zvolala patrně uražena: „Tak sbohem vespolek," prudce se otočila a s hrozným boucháním dveří opustila byt.

„Večer dostane výpověď," řekl pan Samsa, ale ani žena, ani dcera mu neodpověděla, neboť posluhovačka, jak se zdálo, znovu narušila jejich sotva nabytý klid. Vstaly, odešly k oknu a zůstaly tam v objetí stát. Pan Samsa na židli se po nich otočil a chvilku je tiše pozoroval. Pak zvolal: „Tak pojďte sem přece. Nechte už konečně být to, co bylo. A berte také trochu ohledy na mne." Ženy ho ihned poslechly, běžely k němu, chlácholily ho a rychle dopsaly dopisy.

Pak všichni tři opět po měsících společně vyšli z domova a vyjeli tramvají ven za město. Vůz, kde seděli sami, byl celý prozářen sluncem. Pohodlně opřeni na sedadlech rozmlouvali o vyhlídkách do budoucna, ukázalo se, že při bližším pohledu nejsou nikterak zlé, neboť všichni tři, na což se vlastně jeden druhého ještě ani nezeptali, mají náramně výhodná a zvlášť pro pozdější dobu slibná zaměstnání. Největší okamžité zlepšení situace jim ovšem jistě snadno přinese změna bytu; vez-

---

5. **Freie**(n.): ins Freie fahren. (**ven, do přírody**)

6. **durchscheinen**(V. durchschien, h. durchschienen): mit Licht erfüllen, hell machen. *Sonne hatte das Zimmer durchschienen.* (**prozářit**)

7. **vielversprechend**(Adj.): vieles versprechend, vieles erhoffen lassend. *Ein vielversprechender Anfang.* (**nadějný, slibný**)

8. **Lage**(f. -, -n): I. Art und Weise des Liegens, Stelle, wo etwas liegt. *Das Haus hat ruhige Lage.* (**poloha**) II. Umstände, allgemeine Verhältnisse. *Die wirtschaftliche Lage ist ernst.* (situace)

ergeben; sie wollten nun eine kleinere und billigere, aber besser gelegene und überhaupt praktischere Wohnung nehmen, als es die jetzige, noch von Gregor ausgesuchte war. Während sie sich so unterhielten, fiel es Herrn und Frau Samsa im Anblick ihrer immer lebhafter werdenden Tochter fast gleichzeitig ein, wie sie in der letzten Zeit trotz aller Plage, die ihre Wangen bleich gemacht hatte, zu einem schönen und üppigen[1] Mädchen aufgeblüht[2] war. Stiller werdend und fast unbewußt durch Blicke sich verständigend, dachten sie daran, daß es nun Zeit sein werde, auch einen braven Mann für sie zu suchen. Und es war ihnen wie eine Bestätigung ihrer neuen Träume und guten Absichten, als am Ziele ihrer Fahrt die Tochter als erste sich erhob und ihren jungen Körper dehnte.

---

1. üppig(Adj.): I. in großer Fülle. *Eine üppige Blütenpracht.* (**bujný**)
II. (ung.): von rundlichen, vollen Formen. *Üppige Frauengestalt.* (**kyprý, tělesně kypící**)
2. aufblühen(V. i.): I. sich blühend entfalten, zu blühen beginnen. *Die Rosen sind aufgeblüht.* (**rozkvést**) II. Aufschwung nehmen. *Wissenschaft blüht auf.* (**vzkvétat**)

mou si teď menší a levnější a přitom lépe položený a vůbec praktičtější byt, než je nynější, který vybíral ještě Řehoř. Jak si tak povídali, zadívali se pan a paní Samsovi na svou čím dál čilejší dceru a skoro zároveň jim napadlo, jak za poslední dobu přes všechno soužení, od něhož jí pobledly tváře, rozkvetla v krásnou a kyprou dívku. Umlkli, a dorozumívajíce se skoro nevědomky pohledy, pomysleli si, že bude teď na čase, aby pro ni také vyhledali hodného muže. A připadlo jim jako dotvrzení jejich nových snů a dobrých úmyslů, když u cíle jejich cesty dcera první vstala a protáhla své mladé tělo.

Franz Kafka
Die Verwandlung
Proměna

Z německého originálu
Die Verwandlung
přeložil Vladimír Kafka
Jazykový komentář a redakce Jana Fantová
Obálka a grafická úprava Dorotea Stamenova
Technická redakce a sazba ESET Praha
Vytiskl Protisk České Budějovice
Vydalo nakladatelství Garamond jako svou 54. publikaci
Počet stran 152